KB113416

더 나다운 나를 찾는
감정 쓰기 연습

더
나다운
나를 찾는

감정 쓰기 연습

홍보라 지음

쓰면 보인다

"보라야!"

퇴근하고 돌아온 신랑이 저를 찾습니다. 결혼 후 잊고 지내던 제 이름. 보라야, 한마디에 감정이 북받쳤습니다. 주책맞게 자꾸 눈물이 나서 당황스러웠습니다. 내가 왜 이러지? 남편이 내 이름을 불러준 것뿐인데.

'맞아, 나는 아내이기 전에, 엄마이기 전에 홍보라였구나!' 문득 나를 다시 찾고 싶어졌습니다. 그동안 나를 잃어버린 건지, 원래 '나'라는 사람의 형체가 없었던 건지 알고 싶었습니다. 당장 현관문을 열고 나가 '나'를 찾아보자! 달콤한 상념에 빠지려던 찰나, 아이의 울음소리가 저를 현실로 잡아끌었습니다.

우는 아이를 달래다가 결국엔 버럭 화를 내고는 멍하니 집안을 둘러보았습니다. 쌓인 설거지, 빨래, 정리 안 된 거실, 아이에게 한 달 넘게 먹이고 있는 약봉지, 아파서 보채는 아이에게 화를 내는 저…. 엉엉 우는 아이 울음소리가 마치 '엄마 맞아? 날 왜 낳았어?'처럼 들렸습니다. 죄책감이 밀려왔습니다.

엄마가 된 후 저를 서랍 깊숙이 넣어두고 잊고 살았습니다. '나'를 위한 시간을 허락하지 않고 열심히 살았는데, 발버둥 칠수록 부정적인 감정과 화는 아이에게 돌아갔습니다. 아이에게 푼 화는 죄책감이 되어 돌아왔고, 그럴수록 저를 더 집안에 고립시켰습니다.

스스로 집안에 갇혀도, 바깥에 나가 시간을 보내도 해결되는 건 아무것도 없었습니다. 마음을 짓누르는 답답함이 영원히 사라지지 않을 것 같았습니다. 책을 읽고 좋다는 강의를 찾아 들어도 공허했습니다. 내 문제에 다른 사람의 해답을 갖다 붙이려니 그럴 수밖에요. 스스로 방법을 찾아야 했습니다.

가만히 앉아 생각했습니다. '그깟 일로 왜 아이에게 화를 냈을까?,

나는 왜 저 사람에게 서운할까?, 나는 왜 불안할까?, 나는 왜 친정 부모님만 보면 화가 날까?, 나는 왜 나를 미워할까?, 나는 왜 눈물이 날까?, 나는 왜…'

생각을 시각화하지 않으니 머리만 더 복잡해졌습니다. 창밖을 보며 혼자 질문만 해대다가 현실로 돌아와 빨래를 돌렸습니다. 풀리지 않는 답답함에 짜증내며 아이들 밥을 먹였습니다.

문제를 해결하려면 생각에서 그치지 말고 '시각화'해야 합니다. 제가 찾은 방법은 생각을 노트에 '적는' 것이었습니다. 스스로 묻고 스스로 답하는 거죠. 글을 쓰며 오롯이 제 문제에만 집중할 수 있었습니다. 남의 해답을 빌리지 않고 저만의 정답을 찾을 수 있었습니다.

눈에 보이는 성장만 중요시했던 제가 글쓰기를 통해 보이지 않는 내면의 성장이 먼저라는 것을 알게 됐습니다. 내 안의 장애물이 무엇인지 인식하고 인정하는 데 글쓰기만큼 좋은 방법이 없었습니다. 인정하면 삶의 순간마다 알아차림이 가능해집니다.

당신은 어떤가요? 힘없는 아이에게 화풀이하고 있진 않나요? 별것 아닌 일에 예민해져서 가까운 사람에게 상처 주고 있지 않나요?

알고 보면 근사한 자신을 이유 없이 미워하고 있지 않나요?

쇼핑과 맛집 투어를 멈추고, 서랍 속에 넣어 둔 나를 꺼내 마주하세요. 소중한 나와 가족을 지키려면 용기를 내야 합니다. 그 시작을 글쓰기로 해보는 겁니다. 딱 3주만 매일 식탁에 앉아 펜을 들어보세요. 남에게 보여주는 글이 아닙니다. 나에게 내 이야기를 솔직하게 털어놓으세요. 나의 감정을 살피고, 자존감을 위로하고 나를 이해하면 변화는 찾아옵니다. 이제는 나를 도울 때입니다.

"엄마의 역할에 책임을 다하는 것보다 자기를 돌보고 지키는 사람이 되는 것."

저자 홍보라

Contents

Contents

2장 행동을 적다

Contents

		감	정	을
			적	다

: 난 누군가? 또 여긴 어딘가?

엄마, 여보 말고 나는 누구일까?

홍보라, 엄마, 아내, 딸, 며느리, 새언니, 외숙모, 언니, 동생…. 하루에도 몇 번씩 바뀌는 제 이름입니다. 당신은 어떤 이름으로 하루를 살고 있나요?

"엄마, 나 과자 좀 뜯어줘요."

"엄마, 나 응가 할래요."

"엄마, 식빵에 잼 발라줘요."

"엄마, 이것 봐요."

아이들 목소리에 고개를 돌립니다. 사랑스러운 아이들의 부름에 웃어야 하는데 '나 좀 그만 불렀으면 좋겠다.'라는 생각이 먼저 듭니다.

"여보, 저녁은 간단히 해서 먹자."

갯벌에서 조개를 켜고 집으로 돌아가는 차 안에서 신랑이 말했습니다. 압니다. '간단히'라는 말에 담긴 의미를요. 된장찌개에 계란말이라도 하자는 이야기입니다.

나들이 다녀온 날은 특히 밥하기가 싫습니다. 집에 돌아오기 무섭게 아이들과 남편은 TV 앞에, 저는 주방에 자리 잡습니다. 너무나 자연스러운 일상인데 저녁상을 차리다가 결국 눈물이 났습니다. '나도 누가 차려주는 밥상 좀 받아보고 싶다.'

"이번 주말에 뭐 하니? 손주들도 보고 싶고. 와서 밥이나 먹고 가렴."

제 간절함이 통한 걸까요? 이번 주말엔 누가 차려주는 밥을 먹을 기회가 온 것 같은데. 좋은 일인데 제 마음은 왜 이리 답답한지 모르겠습니다.

나는 누구일까?

그날 식구들이 모두 잠든 시간, 식탁에 앉아 노트를 펴고 펜을 들었습니다. 나는 과연 몇 개의 아이텐티티(정체성)를 가지고 있을까? 엄마 말고 아내 말고 딸, 며느리 말고 내 정체성이 있긴 한 걸까? 답답한 마음에 생각나는 걸 모두 끄적여보았습니다.

내가 선택한 역할 엄마, 아내, 홍보라
타인에 의해 선택된 역할 딸, 며느리, 새언니, 외숙모, 언니, 동생

적어놓고 보니 저의 정체성은 대부분 가족과 이웃이 만들어놓았다는 생각이 들었습니다. 온전한 '나'로 살았던 적이 언제인지도 모

른 채, 결혼 후 제 역할은 줄곧 아내와 엄마였죠. 그렇다면 나는 새로운 역할을 충실히 하고 있는가? 궁금했습니다.

내가 생각하는 이상적인 엄마 항상 아이 옆에 있어 줘야 한다, 집밥을 먹여야 한다, 3살까지는 애착 형성 기간이니 어린이집에 보내지 않는다···.
내가 생각하는 이상적인 아내 깨끗한 옷, 아침 식사는 꼭 차려준다···.

현실은 어떨까요? 매일 아이에게 소리 지르고 피곤하다는 이유로 무기력한 모습만 보였습니다. 남편 아침 식사는 물 한잔이 전부였고요. 이상과 현실의 차이가 너무 커서 결국, '나는 나쁜 엄마, 나쁜 아내'라는 부정적인 생각이 들었습니다. 그랬더니 자신감이 사라지고 미안함과 죄책감이 몰려왔습니다.

그러다가도 이게 내가 미안해할 일인가? 죄책감까지 느낄 일인가? 라는 생각도 들었습니다. 스스로 만든 틀에 갇혀서 '엄마는, 아내는 이래야 한다.'라고 단정한 건 아닐까? 생각이 꼬리에 꼬리를 물고 이어졌습니다. 주중에 아침 식사를 못 챙겨주면 주말에 맛있는 밥 한 끼 차려주면 될 일인데, 어느 전문가의 말처럼 육아는 바로바로 피드백이 오는 게 아니라서 성취감을 느낄 수 없었을 뿐인데, 저는 왜 이렇게 스스로 나쁜 사람 취급했을까요?

그날 저는 마음과 행동을 지배하고 있는 무의식이 '나'를 만들고, 결국 내 주변에도 영향을 끼친다는 걸 깨달았습니다. 그래서 제게 새로운 정체성을 만들어줘야겠다는 생각이 들었어요. 엄마와 아내 역할이 아닌 '나'를 표현할 수 있는 정체성을요.

좋은 엄마, 좋은 아내 역할을 하면서도 공허하거나 외로운 마음이 든다면, 나를 위해 새로운 정체성을 하나 만드는 건 어떨까요?

당신이 스스로 만들고 싶은 정체성은 무엇인가요? 가지고 있는 것 말고, 갖고 싶은 정체성에 대해 스스로 묻고 답해보면 좋겠습니다. 그렇게 나를 찾아가는 여행은 결국 나를 만들어가는 길로 이어질 것입니다.

그 시작이 바로 글쓰기입니다. 지금 식탁에 앉으세요. 노트를 펼치고 묻고 답해보세요.

우리는 과연 몇 개의 아이덴티티, 즉 정체성을 가지고 있을까요? 스스로 적으며 나의 목소리를 들어보세요.

… 나의 정체성은 몇 개인가요?

… 내가 선택한 역할과 타인에 의해 선택된 역할은 무엇인가요?

… 하루에 몇 가지 역할을 하며 지내나요?

: 사 먹는 쿠키가 제일 맛있다

숙달되지 않는 모성애

하루가 48시간 같은 방학입니다. 아침에 눈 뜨며 오늘
은 아이들과 뭘 하며 시간을 보내지? 간식은 뭘 줘야 하나? 고민이
시작됩니다. 오늘의 미션은 '쿠키 만들기'입니다. 서랍에서 쿠키 재
료를 꺼내는데 아이의 말이 귓가에 꽂힙니다.

"엄마도 다른 엄마들처럼 쿠키 잘 만들었으면 좋겠다."

순간 긴장감이 몰려옵니다. 저는 쿠키를 잘 만들지 못합니다. 마

음이 불안해지며 기분이 가라앉습니다. 아무리 해도 늘지 않는 쿠키 만들기. 이쯤 되니 정말 못하는 건지, 아니면 하기 싫은 건지 분간이 안 됩니다.

재료를 저울에 올려 계량하고, 레시피를 차근차근 따라 했는데도 오늘 만든 쿠키는 결국 먹지 못했습니다. 오븐에 넣을 땐 분명 토끼 모양이었는데 왜 자꾸 바야바가 되어 나오는지 모르겠습니다. 반죽이 제대로 익지도 않아 질펀하고 물렁물렁하고 쭈글쭈글했습니다.

"쿠키는 사서 먹자."

쿠키 만드는 데 재능이 없는 엄마는 자꾸 아이 눈치를 봤습니다.

"나도 다른 친구들처럼 어린이집에 선물로 가져가고 싶다고."
"어떻게 더 잘해줘? 안 되는 건 안 되는 거야. 노력해도 안 되는데 어떻게 하라고!"

뽀로통해진 아이에게 버럭 화를 내고는 아차! 싶은 마음이 들었습니다. 무심코 뱉은 화를 주워 담듯 싱크대에 흩어진 밀가루를 얼른 손으로 훔쳤습니다. 제 반응에 놀란 아이가 울먹이며 잘못했다고 말하는 모습을 보니 저 자신이 또 미워졌습니다. '아이도 속상해서 그런 건데, 좀 참을 걸…. 역시 나는 나쁜 엄마인가 봐.'

잘해준다고 모성애가 큰 건 아니다

밀린 설거지를 하는데 혼자 블록 놀이를 하던 아이가 자꾸 말을 겁니다.

"엄마, 이것 좀 봐요. 자동차가 슝~ 하고 하늘을 날아요."

"어 진짜?"

"엄마! 자동차가 슝~ 하고 하늘을 난다니까요! 엄마, 엄마! 이것 좀 봐요."

"와아, 진짜 그러네? 알겠으니까 저리 가서 놀아."

계속 자기를 봐 달라는 아이의 말에 속으로 생각했습니다. 제발

나 좀 가만히 놔두라고, 왜 자꾸 부르냐고, 혼자 있고 싶다고….

결국 아이에게 만화를 틀어주고 설거지를 마친 뒤 식탁에 앉았습니다. 만화에 빠진 아이를 우두커니 바라봤습니다. 저렇게 사랑스러운데 나는 왜 아이가 귀찮을까? 모성애가 없나? 나는 정말 나쁜 엄마일까?

모성애는 무엇일까?

모성애는 언제 생기는 걸까요? 노력하면 생기는 걸까요? 하루에도 몇 번씩 모성애를 의심하며 회의감에 빠집니다. 엄마밖에 모르는 아이가 부담스럽다는 생각이 들 때면 엄마가 돼서 이런 생각을 한다고, 또 한 번 자신을 나무랍니다.

식탁에 앉아 노트를 펼치고 '모성애'라는 단어를 계속 써봤습니다.

내가 생각하는 모성애 엄마라면 '당연히' 가져야 하는 것, 사랑, 헌신, 온전히 아이를 위해 노력하는 것.

지금 나를 힘들게 하는 것 ㅌ ㅣ 안 나는 집안일과 육아의 콜라보, 빨래 너는데 아이 똥을 닦아줘야 하거나, 첫째 숙제를 봐주며 둘째와 놀아줘야 하는 등 한꺼번에 일어나는 일을 처리해야 한다는 조급함! 아이들에게 온전히 집중하지 못하는 것.

'당연히'라는 글자에 눈이 머물렀습니다. 제 기준에선 당연한 건데 그걸 못하고 있으니 계속 나쁜 엄마라고 자책했던 겁니다. '당연히' 해야 할 일을 못 하는 이유도 곰곰이 생각해 봤습니다. 아이와 놀아주는 게 힘든 게 아니라 집안일이 쌓여있을 때 아이가 저를 찾으면 짜증이 난다는 걸 깨달았습니다. 아이와 놀아주면서도 제 눈은 방바닥의 먼지를 보며 '저걸 빨리 닦아야 하는데'라고 생각했습니다. 스스로 조급해하며 스트레스 받았던 거죠. 원인을 찾은 저는 그날 밤 TV를 보고 있던 남편에게 말했습니다.

"군대에서 빨래 잘 갰어?"

"그럼, 각 잡는 게 일이었지."

"그럼 이제부터 빨래는 당신이 개. TV 볼 때 손은 놀잖아."

"갑자기?"

"응. 집안일이 넘칠 때 내가 애들한테 화를 많이 내더라고."

그때부터 저는 빨래를 개지 않습니다. 개야 할 빨래가 쌓여있어도 조급해하지 않고 가만히 놔둡니다. '당연한 모성애', '당연히 내가 할 일'이라는 생각을 조금씩 내려놓으려고 노력합니다.

〈산후조리원〉이라는 드라마에서 모유를 안 먹이면 나쁜 엄마, 남에 손에 아이를 맡기고 직장에 나가면 무심한 엄마, 출산 후 자기 꿈을 위해 노력하는 건 사치라는 이야기가 나온 적이 있습니다. 저도 그 말에 동의하던 사람 중 한 명이었는데, 이제는 생각이 달라졌습니다. 사람마다 살아가는 방식과 기준이 다르므로 '이것이 옳은 엄마의 표본이다!'라는 건 없습니다. 스스로 물으며 자신만의 기준을 만들어야 합니다.

저는 다른 엄마들처럼 아이에게 잘해주지 못할 때, (제 기준에서) 당연한 것을 못할 때, 모성애가 없다고 생각했습니다. 그럴 때마다 미안했습니다. 노트를 펴고 펜으로 적으면서 모성애가 없다고 느꼈던 원인을 하나둘 찾았고, 쿠키 만드는 솜씨는 부족하지만 아이가 좋아하는 저만의 모습도 있다는 걸 알게 되었습니다.

'완벽한 엄마'가 아닌 '적당한 엄마'가 되어야겠다고 생각한 뒤로 저를 괴롭히는 일도 줄어들었습니다.

혹시 모성애가 없다고 생각하며 자신을 괴롭히고 있진 않나요? SNS에 존재하는 '범접하지 못할 엄마'들을 보며 자책하고 있진 않나요? 분명한 건, 당신의 아이는 SNS 속의 완벽한 엄마보다 당신을 더 사랑하고 있다는 겁니다. 그런 아이를 위해 지금 당장 노트와 펜을 들고 나만의 모성애를 만들어보세요.

모성애가 없으면 나쁜 엄마일까요? 내가 당연하게 생각하는 일들은
정말 당연한 일들일까요? 스스로 적으며 나의 목소리를 들어보세
요.

… 육아와 살림 중 힘든 건 무엇인가요?

… 지금 나를 가장 힘들게 하는 건 무엇인가요?

… 버려야 할 고정 관념은 없나요?

: 누가 시킨 적도 없는데

밥 한번 먹기 힘들다

코로나로 등교와 하교, 방학과 개학의 경계가 사라졌
습니다. 거의 두 달을 외출 없이 아이 둘과 집안에서 지지고 볶다가
단계별 등교가 시작되었습니다. 아이들을 학교에 보내고 부랴부랴
외출 준비를 했습니다.

우체국에 들러 소포를 보내고, 밀린 은행 업무를 보고 돌아오는데
순댓국밥집이 보였습니다. 국밥집 입구에 서서 한참을 고민했습니
다. '한 그릇 먹고 갈까? 포장해서 애들이랑 먹을까? 이따 애들이랑
같이 올까? 첫째도 순댓국 좋아하는데…' 국밥 한 그릇 먹는 게 이

렇게까지 고민할 일이 될 줄 누가 알았을까요?

　결국, 식당에 들어가 국밥을 한 그릇 주문했습니다. 뚝배기에서 보글보글 끓는 국물을 호호 불어가며 천천히 먹었습니다. 밥을 마시지 않고 천천히 씹어 먹는 게 얼마 만인지 모르겠습니다. 자판기에서 커피까지 뽑아 식당에서 나오는데 너무 행복했습니다. 혼자 밥 한 끼 먹는 게 이렇게 자유롭고 행복한 일이라는 걸 저만 몰랐던 건가요?

결국 내가 만든 함정

　어쩌다 혼자서 식당이나 카페, 극장에 가면 세상 행복한 마음이 들다가도 불현듯 서글픈 감정이 몰려옵니다. 엄마가 된 후 사소한 행복을 놓치고 산다는 생각에 서글퍼지는 거죠. 나만의 시간, 자유를 원하며 '엄마'와 '홍보라'의 삶을 분리하고 싶지만, 말처럼 쉽지 않습니다. 나는 아내이자 엄마이니 가족이 먼저고 집안일과 육아가 우선이라고 생각했습니다. 누가 시킨 것도 아닌데 스스로

'엄마상(像)'을 만들어 놓고 살았습니다.

　모유를 먹어야 하고, 매끼 밥을 지어야 하며, 숙제를 봐줘야 하고, 사소한 일도 엄마의 손을 거쳐야 한다. 그럼에도 자기 계발을 멈추지 않는 멋진 엄마가 되어야 한다는…. 스스로 만든 틀에 갇혀 살면서 성장욕구는 높으니 괴로울 수밖에요. 둘 다 가지려다 이도 저도 안 되는 상황이 되면 괜히 애들을 잡았습니다. 집안 분위기만 점점 망가지는 것을 느꼈습니다. 적당한 '거리두기'가 필요하다고 생각했습니다.

우리 엄마 히트다 히트!

　얼마 전 아이들을 재우고 식탁에 앉아 노트를 펼쳤는데 하트모양으로 접힌 색종이가 보였습니다. 삐뚤빼뚤한 글씨로 적힌 '사랑해요. 우리 엄마 히트다 히트!'

　매일 화를 내고 혼내도 아이들은 조건 없는 사랑을 줍니다. 제가 만든 '엄마상'엔 화내는 엄마는 없습니다. 그럼에도 아이들은 엄마를 우주이자 하늘로 생각합니다. 제가 만든 '상'에는 별 관심이 없는 거죠. 첫째가 젖을 뗄 때도 걱정이 많았습니다. 엄마와 분리되면 아이가 불안해하지 않을까? 힘들어하지 않을까? 좀 더 모유 수유를 해야 하나? 고민했죠. 걱정한 것 치고는 너무 쉽게 젖을 떼자 내심 섭섭했습니다. 그리고 생각했죠. 아이나 가족을 위한다는 행동이 결국 나를 위한 것은 아니었을까?

아이들과 거리두기

기대가 크면 실망도 큽니다. 아이를 통해 내 가치를 충족하려다가 마음처럼 안 되면 실망하고 화가 납니다. 모두가 힘들지 않으려면 가족 간에도 적당한 거리두기가 필요합니다.

아이들은 엄마가 밖에서 순댓국을 먹는지, 치킨을 뜯는지 모릅니다. 엄마가 어떤 '어머니상'을 추구하는지 관심 없습니다. 그러니 혼자인 시간만이라도 오롯이 본인에게 집중해보세요.

예전의 저는 '상대'를 위해 노력했지만, 이제는 '관계'를 위해 노력합니다. 좋은 관계의 시작은 적당한 선을 지키는 것입니다. 거리가 확보되면 기대감도 줄어듭니다.

올 여름방학엔 아이들과 거리두기를 실천해봤습니다. 매 끼니 밥을 차려주고 껌처럼 붙어 앉아 이것저것 챙겨주는 대신 가벼운 양은 식판을 샀습니다. 웬만하면 아이들이 저를 부르지 않도록 식판을 세팅해놓고 저는 책상에 앉아 책을 읽고 글을 썼습니다. 아이가 싱크대에 넣어둔 식판에 밥풀이 말라붙어 돌덩이가 되든 말든 오롯이 저에게 집중했습니다.

아이를 향한 관심을 거두고 살림에 손을 놓으라는 소리가 아닙니다. 한 발자국 물러서서 돌봐야 할 때와 내버려 둬야 할 때를 알아차리자는 뜻입니다. 아이들이 언젠가는 부모 품을 떠나듯, 엄마도 독립을 준비해야 합니다.

아이들이 언젠가는 부모 품을 떠나듯, 엄마도 독립을 준비해야 합니다.

··· 스스로 만든 '엄마상'은 무엇인가요?

··· 내가 할 수 있는(잘하는) 엄마의 역할은 무엇인가요?

··· 좋은 관계를 위한 '거리두기'에는 어떤 방법이 있을까요?

: '인싸'인 줄 알았는데 '아싸'라니

공대 나온 낯가리는 여자

매주 수요일은 동네 북카페에서 독서 모임이 열리는 날입니다. 아이들을 키우면서 내 시간을 갖는 날이 올까? 싶었는데, 그런 날이 왔습니다. 둘째가 유치원에 다니면서부터 시간 여유가 조금 생긴 거죠.

아이 둘을 유치원에 보낸 뒤 간단히 화장을 하고 북카페로 향했습니다. 늘 양손에 짐을 주렁주렁 들고 아이들 재잘대는 소리에 귀가 쉴 새 없었는데, 오늘은 두 손도 가볍고 두 귀도 고요했습니다.

"엄마!"

반사적으로 돌아보니 지나가는 아이의 목소리였습니다. '불안'과 '안도' 중간쯤의 감정이 솟구쳤다가 사라졌습니다.

독서 모임에 참여하는 엄마들과 책을 빌미로 수다를 떨다 보면 '맞아, 이게 나였지!'라는 생각이 듭니다. 언제 무기력했었냐는 듯 목소리 톤이 달라지고 표정도 밝아집니다. 독서 모임에 참여하는 2시간가량은 주부, 엄마가 아닌 온전한 '나'가 되는 것 같습니다.

모처럼 밖에서 점심까지 해결하고, 하원 버스에서 내리는 아이들을 데려왔습니다. 지금부터 시작이라는 눈빛으로 버스에서 내리는 아이들. 폭풍전야의 긴장감이 감돕니다. 아이들 짐을 양쪽 어깨에 메고 지고, 재잘대는 소리를 듣다 보면 '하루 사이에 참 많은 일이 벌어지는구나.' 라는 생각이 듭니다.

놀이터에 잠시 들렀다가 집으로 돌아와 아이들을 씻기고, 밥을 짓고 반찬을 만들어야 하는데 만사가 귀찮습니다. 결국 있는 반찬을 꺼내 아이들 밥을 차려주고, 미안한 마음에 스스로 약속합니다. '내일은 어디 나가지 말고 반찬 좀 만들어야겠다. 아… 근데 벌써 귀찮다.'

집에만 있을 땐 밖에 나가 바람 좀 쐬고 들어오면 살 것 같다고 생각했습니다. 에너지를 충전하면 집안일도 육아도 더 열심히 할 수 있을 것 같았죠. 그런 날이 오기를 목 빠지게 기다리다가 이제 좀 여유가 생겨서 모임도 나가게 됐는데, 왜 저는 더 피곤한 걸까요?

외로움과 공허함은 어디서 왔을까?

집에만 있을 때나 틈틈이 외출할 수 있는 지금이나 달라진 게 없다고 느꼈습니다. 왜 비슷하지? 왜 똑같지? 바람까지 쐬고 들어왔는데 왜 답답하지? 식탁에 앉아 '왜?'라는 단어를 반복해서 적었습니다.

왜 피곤할까? 많은 사람과의 만남, 관계, 소음에서 오는 기 빨림···

내가 좋아하는 것 사람, 은은하게 풍기는 캔들 향기, 노트와 볼펜, 따뜻한 우엉 차, 커피, 식탁 불빛, 조용한 집안, 혼자 있는 나, 멍때리기, 잠, 독서, 글쓰기, 운동···

저는 스스로 외향적인 사람이라고 생각했습니다. 밖에서 사람을 못 만나고 성격대로 못살아서 답답하고 힘든 거라고 생각했습니다. 그런데 가만히 생각해보니 저는 외향성보다 내향성이 강했습니다. 내성적인 제 성격이 싫어서 어렸을 때부터 외향적인 사람인 척 가면을 쓰고 살았던 거죠. '내성적인 사람'이 풍기는 순하고 유약한 이미지가 괜히 싫었습니다. 인간관계에 서툴고 사회에 나가면 약자가 될 것 같았거든요. 제가 만든 편견에 갇혀서 제 성격까지 감추며 살았던 거였죠.

알고 보면 내성적인 저인데, 스트레스를 풀려고 밖에 나가 에너지를 쓰고 오니 육아와 살림이 버거울 수밖에 없었습니다.

당신은 외향적인 사람인가요? 내성적인 사람인가요? '내향성'을 검색하다가 심리학자 칼 구스타프 융이 정리한 내향적인 사람들의 특징이 눈에 들어왔습니다.

① 주로 혼자만의 공간에서 혼자 시간을 보내거나, 사람을 만나더라도 소수로 깊이 있게 만난다.
② 말보다 글로 표현하는 게 편하다.

③ 행동보다 생각이 앞선다.

④ 에너지원을 내부에서 찾는다.

⑤ 정적으로 무엇인가에 몰두하는 것을 좋아한다.

다섯 문항 중 네 개에 동그라미를 친 저는 외부에서 찾았던 에너
지 충전원을 안에서 찾아야겠다고 생각했습니다. 그 후 외출을 줄이
고 하루 정도는 온전히 혼자 책을 읽거나 글을 쓰며 나 자신을 알아
가는 시간을 가졌습니다. 집에서 책 읽고 글 쓰는 것으로도 에너지
가 충전된다는 것도 알아차렸고요. 이때 충전된 에너지는 육아와 나
의 성장, 관계 등에 큰 힘이 되었습니다.

당신은 언제, 어떤 상황에서 에너지가 충전되나요? 혹시 버겁거
나 지쳐있다는 생각이 들면 잠시 멈춰보세요. 펜을 들고 '왜?'라는 단
어를 적고 스스로 물어보면 좋겠습니다.

어릴 적부터 내성적인 성격이 싫어서 스스로 만든 '외향적인 나'로 살았습니다. 당신은 어떤 사람인가요? 스스로 적으며 나의 목소리를 들어보세요.

… 외부 모임이 많은가요? 집에 있는 시간이 많은가요?

… 지금 혼자 시간을 보내고 싶은가요? 누군가 함께 하고 싶은가요?

… 내향성이 강한가요? 외향성이 강한가요?

: 나 없으면 안 된다는 착각

당신의 일터는 어디인가요?

제 일터는 집입니다. 직장인들은 주말에 쉴 수 있지만 엄마라는 직업은 주말, 휴일이 없습니다. 오히려 더 바쁘고 고될 때가 많죠.

월요일 아침 남편은 회사에, 아이들은 학교에 갑니다. 저도 일터에서 벗어나 아무도 말 걸지 않는 곳으로 갑니다. 동네 카페에 도착해 커피를 주문합니다. 케이크를 한 조각 사 먹을까 말까 고민하다가 관둡니다. 케이크가 없어도, 4천 원짜리 커피 한잔과 혼자 있는 시간이 너무 행복합니다. 혼자 있는 게 이토록 행복하다는 것을 알려준 '결혼'과 '육아'가 오늘따라 고맙기도 하고요.

결혼 전에는 혼자 있을 때 행복하다는 것을 알지 못했습니다. 아이를 낳고 독박육아가 시작되어서야 여유롭고 자유로웠다는 걸 알게 되었죠. 어느 날 갑자기 찾아온 육아가 제 행복과 욕구를 빼앗아 갔다고 생각했습니다. 4천 원짜리 커피 한잔에 과거의 행복까지 소환하다가 문득 궁금해졌습니다. 육아가 내게 가져다준 행복은 정말 없을까?

육아로 잃은 것 날씬한 몸매, 혼자만의 시간, 자유, 잠, 넓게 잘 수 있는 잠자리, 나를 위한 도전 횟수, 평온함, 차분한 감정 상태···

육아로 얻은 것 포근한 몸매, 커진 목소리, 주량, 음식 솜씨, 살림 솜씨, 참을성, 책임감, 삶을 뒤돌아볼 기회, 어른으로 성장할 수 있는 시간, 든든한 울타리, 가정, 배우고 도전하는 열정, 독서 습관, 글쓰기 습관···

육아로 잃은 것만 있다고 생각했는데, 적고 보니 얻은 게 더 많았습니다. 그런데 왜 저는 육아하며 서러웠던 기억만 가지고 있을까요?

내가 진짜로 원하는 것

둘째가 100일쯤이었을 때, 결혼식장에 간 적이 있습니다. 잠든 아이를 아기 띠로 안은 채 뷔페 음식을 양껏 먹고 돌아왔습니다. 집에 도착해서 아기 띠를 푸는데 단무지와 햄, 게맛살이 우수수 떨어졌어요. 순간 웃음이 나면서도 제가 너무 안쓰럽고 초라하게 느껴졌습니다. 그깟 김밥 좀 흘린 게 뭐 그리 대수라고 잔뜩 예민해져서는 '내가 제일 불쌍해!, 내가 제일 안쓰러워, 세상에서 내가 제일 불행한 것 같아.'라고 생각했죠. 자기애가 있어야 할 자리에 자기연민만 가득하니 자존감도 떨어지고, 그냥 넘길 일도 점점 의미를 부여하게 됐습니다. 4천 원짜리 커피 한잔에도 의미를 부여하는 것처럼 말이죠.

우리 안에 있는 감정과 욕구는 나이와 상관없이 순수합니다. 아이들이 졸리거나 배고프면 울면서 떼쓰는 것과 다를 게 없어요. 결핍이 생기면 자기연민이 강해지고 사소한 일에도 서러워지거나 화가 납니다. 이럴 땐 내가 정확히 뭘 원하는지 알아차리는 게 중요합니다. 월요일 아침, 커피 한잔에 수많은 생각을 하는 저를 깨닫고 다시 노트를 펼쳤습니다.

지금 내가 원하는 것 마음 편히 샤워하기, 밥을 마시지 않고 씹어 먹기, 5시간 이상 자기, 혼자 쇼핑하기, 친구와 저녁에 맥주 마시기…

적고 보니 평범한 것들을 원하고 있었습니다. 본능적인 욕구가 충족되고 있지 않다는 게 느껴졌습니다.

남편에게 전화해서 오늘은 무조건 6시에 퇴근해서 집으로 오라고 했습니다. 집에 온 남편에게 아이들을 맡기고, 저녁 7시에 저를 위한 외출을 했습니다. 목욕탕에 들러 때를 밀고 친한 언니를 만나 맥주를 마셨습니다. 밤 11시가 되어서야 집에 들어갔는데 예상외로 모두 잠들어 있었습니다. 저 없으면 안 될 거라 생각했는데 괜한 걱정이었지요. 거실에 널브러진 장난감을 치우며 다짐했습니다. 한 달에 한두 번은 이기적인 엄마가 되자고. 남에게 인정받기 위한 욕구 말고 내가 진짜 원하는 욕구를 충족하며 살자고.

자기를 가장 잘 아는 사람은 자기 자신입니다. 나를 알아야 나를 잘 돌볼 수 있습니다. 사소한 생각이 많아진다면, 내가 지금 당장 원하는 게 뭔지 스스로 묻고 답해보세요.

우리 안에 있는 감정과 욕구는 나이와 상관없이 순수합니다. 내가 진짜 원하는 욕구는 무엇일까요? 스스로 적으며 나의 목소리를 들어보세요.

⋯ 육아로 잃은 것과 얻은 것은 무엇인가요?

⋯ 지금 당장 하고 싶은 것은 무엇인가요?

⋯ 원하는 것을 충족하려면 어떻게 해야 할까요?

: 미안할수록 화내는 엄마

나는 아이를 말로 때렸다

밤 8시. 아이와 책상에 앉는 시간입니다. 저는 선생님이 되어 아이를 가르칩니다. 어제 알려준 덧셈을 오늘 또 알려줍니다. 5분 전에 말한 걸 그새 까먹은 아이는 연필 끝만 쳐다봅니다. 화를 내지 않아도 아이는 엄마가 화가 났다는 것을 압니다. 아이와 상관없는 일에 대한 부정적 감정까지 스멀스멀 올라옵니다. 소리를 지르며 문제집을 던졌습니다. 두 손을 비비며 잘못했다고 우는 아이를 보자 더 화가 났습니다. 멈춰야 하는데, 그만해야 하는데, 그칠 줄 모르는 화는 분노로 이어졌습니다. 매만 들지 않았을 뿐 입으로 아이를 때리고 있었습니다.

괴물이 되어 감정을 주체하지 못하는 엄마에게 사과하는 아이. 아이는 자신의 감정을 동생에게 풀었습니다. 엄마와 똑같은 말투와 표정으로 자신보다 약한 동생에게 화를 냈습니다. 부정적인 감정이 대물림되고 있었습니다. 저는 큰아이에게, 큰아이는 작은 아이에게. 감정을 풀어내는 방법까지 대물림되는 모습을 보니 멈춰야겠다는 생각이 들었습니다. 멈춰야 하는데, 어떻게 해야 할지 몰라 종이에 적었습니다.

아이에게 비치는 내 모습은 어떨까? 괴물, 거인, 독불장군, 마녀···.
왜 감정 조절이 안 될까? 울적한 기분, 축 처진 기분, 활력소가 없다···
평소에 내 감정은 어떤가? 화남, 울적하다, 피곤하다, 걱정이 많다, 편안하다, 행복하다···.

인간이 감정을 느끼는 건 당연하지만, 감정에 휘둘려 아이들을 피해자로 만드는 건 옳지 않았습니다. 더는 나빠지면 안 된다는 생각에 감정과 관련한 책을 모조리 찾아 읽었습니다. 그리고 알게 됐습니다. 억누르고 삭이는 감정 해소법이 더 큰 화를 만들고 있다는 걸요. 그리고 '화'라는 감정 안에 '미안함'이 내포되어 있다는 것도 알게 되었습니다. 미안하면 미안하다고 사과하면 되는데 그게 어려워 더 화를 내고 있었던 거죠.

인간은 망각의 동물

치열한 반성 후 며칠간은 상냥한 엄마가 됩니다. 유기농 채소와 고기로 밥을 차려주고, 온몸을 던져 아이들과 놀아줍니다. 몸은 아이와 놀아주면서도 눈은 자꾸 시계를 봅니다. '애들 잘 시간이 얼마나 남았지?' 체력이 방전되고 몸이 피곤해지니 슬슬 짜증이 납니다. 오늘만큼은 소리 지르고 싶지 않아 TV를 켰습니다. 화면으로 들어갈 듯 집중하는 아이들. 그 모습이 거슬리지만 제가 쉴 방법이 이것뿐이라 오늘만 허락하기로 합니다. 남들은 잘만 하는 것 같은 육아가 저는 왜 벅찬지 화가 납니다. 이 화가 어디서 비롯된 건지 알 수 없어서 노트를 펴고 적었습니다.

나의 상태(상황) **피곤하다, 졸리다, 눕고 싶다, 애들이 안 잔다.**

나의 감정 **화난다, 짜증난다, 답답하다. 피곤하다.**

적고 보니 '화난다' 이전에 '피곤하다'라는 1차원적 감정이 있었습니다. 여태껏 아이에게 돌아간 화가 아이 잘못이 아닐 수도 있다는 생각이 들었습니다.

당신의 감정은 안녕하십니까?

당신은 평소에 어떤 감정으로 살아가나요? 우리는 각각의 감정을 구분하거나 인식하지 못하고 살아갑니다. 내면을 들여다볼 기회도 없고, 내 감정에 관심을 기울일 시간도 없습니다.

내 감정보다는 아이들 감정이 먼저고, 아이 기분이 안 좋은 것 같으면 제가 무조건 해결해줘야 할 것 같습니다. 아이 감정은 아이 몫인데 이상한 의무감에 사로잡힙니다.

이제 의무감에서 벗어나 본인의 감정을 먼저 살펴보아야 합니다. 이유 없이 화가 나고 아이에게 소리를 지르고 있다면 노트를 펴고 나의 상태와 나의 감정을 적어보세요.

평소에 어떤 감정으로 살아가나요? 스스로 적으며 나의 감정과 친

해져 보세요.

… 평소에 자주 느끼는 감정 5가지를 적어보세요.

… 언제 가장 화나고, 언제 가장 기분이 좋은가요?

… 부정적인 감정을 억누르는 방법은 무엇인가요?

: 프로 분노러

괴물이 된 엄마

둘째 아이가 초등학교 1학년 때 엄마로서 하지 말아야 할 말들을 했습니다.

"나를 괴롭히려고 태어난 거지? 주는 대로 먹어! 아침마다 반찬 투정에 짜증에! 하루를 기분 좋게 시작하지는 못할망정!"

우는 아이의 입안에 밥알이 보였습니다. 밥을 씹지도 못한 채 우는 아이를 보고도 분노를 다스릴 수 없었습니다. '내가 너 때문에 힘들고 우울하다고! 너 때문에 사는 게 재미가 없다고! 너 때문에! 너 때문에!' 입 밖으로 다 뱉지 못한 화 때문에 가슴이 쿵쿵 뛰었습니다.

　엄마의 분노를 한껏 얻어맞은 아이는 가방을 메고 학교로 향했습니다. 베란다에서 내려다보니 소매로 눈물을 훔치며 걸어가는 아이가 보였습니다. 그 순간 '내가 미쳤구나!'라는 생각이 들었습니다. 당장 뛰어 내려가서 아이를 붙잡고 사과하고 싶었습니다.
　얼마나 슬플까? 얼마나 놀랐을까? 아이의 마음을 생각하니 눈물이 나서 견딜 수 없었습니다. 사과하기 전에 제 마음부터 정리해야겠다고 생각했습니다.

　아이에게 왜 화가 나는가? 반항적인 태도, 내 말에 태클을 건다, 자기주장이 뚜렷하다, 내 말을 삐딱하게 듣는다···.

　아침에 일어나면 옷 입고 세수하고, 밥을 먹어야 한다고 강요했습니다. 그게 옳다고 생각했죠. 아침에 잠도 안 깬 상태라 입맛이 좋을 리 없던 아이는 식탁에 앉아 꾸역꾸역 먹는 시늉을 했습니다. 그러다가 저의 폭발의 핑계가 '반찬이 맛없다'였습니다. 그 시간에 밥이 맛있으면 그게 더 이상한 건데 서운하게만 들렸습니다. 결국 아침부터 큰소리를 내고 아이를 울리고 말았죠.

아이를 지배하려는 마음에 사소한 행동에도 화를 냈습니다. 문제를 해결하려는 마음보다 어떻게든 빨리 아이와의 실랑이를 끝내고 싶었습니다.

그래도 널 사랑해

분노는 타인과 상황을 지배하기 위해 나타납니다. 저처럼 습관적으로 분노하는 사람은 한시라도 빨리 상황과 사람을 지배하고 싶어 합니다. 그러다 힘이 없어지고 분노가 쌓이면, 자신에게 화를 냅니다. 결국 자신 탓을 하게 됩니다. 화가 분노로 이어지지 않게 하려면 지금의 '나'를 정리해야 합니다.

나를 들여다볼 시간이 없다는 건 핑계입니다. 남편이나 아이들이 바뀌면 나도 달라질 것이라는 생각도 착각입니다. 나를 변화시킬 수 있는 사람은 '나' 밖에 없습니다.

무턱대고 화부터 냈다가 뒤늦게 사과하는 일을 멈추세요. 멈추면
상처 주는 일도 줄어들 것입니다.

소중한 가족에게 무턱대고 화부터 내고 있진 않나요? 스스로 적으며 나의 목소리를 들어보세요.

… 가족에게 화를 내고 나면 어떤 마음이 드나요?

… 최근에 가족에게 미안했던 일은 무엇인가요?

… 가족을 위해 고쳐야 할, 단 한 가지 단점은 무엇일까요?

: 반말을 듣고 행복한 사람인 걸 알았다

마음에도 정수 필터가 있으면 좋겠다

제 마음이 흙탕물 같다는 생각을 자주 합니다. 누군가의 말 한마디에 잔뜩 흐려졌다가 평화를 찾으면 고요히 가라앉습니다. 가라앉은 마음은 맑습니다. 타인에 의해 제 마음이 뿌옇게 됐다다시 맑아지는 게 못마땅합니다. 제 의지로 마음을 다스리고 맑은상태를 유지하려고 글을 적으며 버텼습니다.

"불 꺼! 불 꺼."

"불 꺼주세요 라고 해야지."

오늘 제 마음에 돌을 던진 사람은 둘째입니다. 육아의 세계는 도돌이표가 붙은 노래 같습니다. 존댓말을 쓰라고 한 지 한 달이 다 되었는데 여전히 친구 대하듯 말합니다. 말을 해도 듣지 않으니 서운합니다. 말이 짧아지니 자존심이 상하고 무시당하는 느낌이 들었습니다. 아이가 무슨 생각이나 있었을까요. '악의'라는 걸 알기나 할까요. 별 뜻 없이 하는 말인 걸 알면서도 마음에 깔린 흙먼지가 스멀스멀 일어납니다.

현관 도어락 여는 소리가 들리더니 첫째 아이가 저를 찾습니다.

"엄마, 나와 봐!"

어젯밤에는 둘째 녀석이, 오늘은 첫째 녀석이 제 심기를 건드립니다. 방에서 나가며 결국 싫은 소리를 했습니다.

"존댓말 쓰라고 했지?"

양손에 편의점에서 파는 아이스커피를 들고 땀을 뻘뻘 흘리며 서 있는 아이가 보였습니다.

"엄마 주려고 커피 사 왔어요. 얼음이 녹을까 봐 마음이 급해서 반말이 나왔어요. 죄송해요."

얼굴이 화끈거렸습니다. 아이 상황도 모르고 화부터 낸 게 부끄럽고 미안했습니다. 아이에게 사과하고 이날도 역시 식탁에 앉아 노트에 적었습니다. 같은 실수를 반복하는 게 사람이라지만, 적다 보면 답이 보일 것 같았습니다.

숲을 보는 연습

타인의 말에 감정이 좌지우지되는 건 당연합니다. 싫은 소리를 듣고도 기분 좋을 사람이 어디 있을까요? 그렇다고 사소한 일에 사사건건 대응하며 제 마음을 흐리는 것도 옳지 않다고 생각했습니다. 아이가 반말로 저를 불렀을 때 화가 나더라도 하나, 둘, 셋만 셌더라면 아이에게 화내고 사과할 일도, 반성할 일도 없었겠죠. 나뭇가지 하나로 숲을 판단하며 일희일비하고 있다는 생각이 들었습니다. 습관적 분노를 다스리고 마음을 정화할 방법을 생각해봤습니다. 그리고 노트를 펼쳐 하나하나 적었습니다.

욱하는 마음을 다스릴 수 있는 것 아이스커피, 따뜻한 차, 심호흡, 아이들 웃음, 아이들과 잠자리에 들 때, 수다 떨기, 깨끗한 집을 볼 때, 새로 나온 문구류, 예쁜 노트 구경, 캔맥주, 드라마 보기, 치킨⋯

적다 보니 '나는 행복한 사람이구나, 행복한 상황이 많구나.'라는 것을 새삼 깨달았습니다. 사소한 감정에 집착하다가 그냥 흘려보낼 뻔했던 행복을 발견한 거죠.

혹시 사소한 일에 마음이 까매졌다 하얘지진 않나요? 별것 아닌 행운에 집착하다가 더 큰 행복을 놓치고 있지는 않나요? 손으로 적으며 지금 떠내려가는 행복을 잡아보세요. 사탕 한 알, 캔 커피 하나로 행복을 느끼면 좀 어떻습니까? 기쁨은 스스로 결정하는 거니 남들 눈치 보지 말고 각자의 행복을 놓치지 않길 바랍니다.

별것 아닌 행운에 집착하다가 더 큰 행복을 놓치고 있지는 않나요?

손으로 적으며 지금 떠내려가는 행복을 잡아보세요.

… 습관적으로 화를 내는 경우는 언제인가요?

… 마음이 흙탕물 같아질 때가 있나요?

… 마음을 정화하는 방법은 무엇일까요?

: 우리 집엔 독재자가 산다

남한테 하는 거, 반만 해봐

결혼 7년 차, 밖에서 하는 거 반만 하라는 말들이 나오기 시작했습니다. 남편이 달라진 건지 제가 달라진 건지 모르겠습니다.

"세탁기에 빨래 꺼내서 건조기에 돌려줘."
"응."

10분 후 거실에 나와 보니 신랑은 10분 전과 같은 자세로 소파에 누워있습니다. 결국 제가 세탁기 뚜껑을 열고 빨래를 꺼내 바구니에 힘껏 집어 던졌습니다.

"내가 한다니까 왜 또 갑자기 화를 내고 그래?"

"부탁할 때 바로 좀 해주면 안 돼? 한번 말하면 한 시간이 지나서야 움직이잖아. 내가 하고 말지. 됐어!"

"TV 다 보고 하나, 바로 하나 무슨 차이가 있어? 그것 좀 못 기다려줘?"

맞는 말이었습니다. TV 프로그램이 끝나고 건조기를 돌려도 큰일이 나진 않습니다. 그런데 왠지 서운했습니다. 평소에 부탁(같은 명령)을 잘 들어주던 남편이 자기주장을 하는 게 어색하고 낯설었습니다.

남편은 결국 '남의 편'이다?

남편에게 원한 건 '알았어', '지금 할게' 같은 말이었습니다. 제 말이 존중되길 바랐습니다. 위로받고 싶고 도움 받고 싶은 욕구가 충족되지 않으니 결국 화를 내며 남편 탓을 했습니다.

평소에도 식구들이 제 말을 듣지 않으면 아니, 제 생각대로 되지 않으면 화를 내고 명령을 일삼았습니다. 식탁에 앉아 노트를 펴고 원인을 찾아봤습니다.

나는 왜 화가 날까? 독박육아, 티도 안 나는 살림, 내 뜻대로 안 되는 일, 내 말을 듣지 않는 식구들…

빨라야 밤 10시에 퇴근하는 남편입니다. 따뜻한 집에서 지낼 수 있는 것도 남편 덕이라는 걸 알면서도 혼자 아이 둘을 돌보는 게 피곤하고 벅찼습니다. 고맙고 미안한 마음이 들다가도 여기저기 어긋나 있는 '저만의 규율'을 볼 때마다 분노가 치솟았습니다. 다 된 빨래는 곧바로 건조기에 넣어야 하고, 건조된 빨래는 바로 개야 하고, 물티슈 위치는 소파 옆, 양치는 무조건 3분을 해야 하는 등. 제가 정해놓은 규율과 틀이 어긋나면 불같이 화를 내고 가족 탓을 했습니다.

결국 곪을 대로 곪아 터져버린 남편의 반항(?)을 마주하고서야 저는 제 행동을 멈췄습니다. 스스로 멈췄어야 했는데 가족들을 아프게 만든 뒤에 깨달았죠.

당신은 어떤가요? 자기만의 틀을 만들어 소중한 가족들에게 고통 주고 있지 않나요? 틀에 어긋나면 불같이 달려들어 분노하고 있진 않나요? 스스로 멈춰야 합니다. 가장 가까운 가족에게 상처 내는 일을 멈춰야 합니다.

자기만의 틀을 만들어 가장 소중한 가족들에게 고통 주고 있지 않나요? 스스로 적으며 나의 목소리를 들어보세요.

··· 내가 세운 규율과 규칙은 무엇인가요?

··· 나의 규칙을 타인에게 강요하고 있지 않나요?

··· 스스로 멈출 방법은 무엇일까요?

: 공감과 감정노동은 한 끗 차이

불통

학교에 가려고 현관을 나서는 아이의 책가방이 오늘 따라 유난히 무거워 보였습니다.

"엄마가 데려다줄까? 가방 들어줄게"
"아뇨, 괜찮아요. 혼자 갈게요."

아이의 말에 속으로 생각했습니다. '내가 창피한가?'
거실에서 노는 아이들의 대화가 들립니다. 작은 아이가 큰아이에게 말합니다.

"누나! 난 나중에 벌레가 될 거야."

둘째의 말에 속으로 생각했습니다. '속 터져 죽겠네! 저게 커서 뭐가 되려고!'

잘 놀던 아이들이 다투기 시작합니다. 둘째가 결국 울음을 터뜨립니다. 아이의 울음소리가 들리면 자동반사적으로 드는 생각이 있습니다. '또 시작이구나.'

공감? 동감? 뭐가 됐든

예전의 저는 묻지 않았습니다. 혼자 판단하고 결정하고 오해하기 일쑤였죠. 요즘은 묻습니다. '엄마랑 같이 학교 가기 싫어?', '왜 벌레가 되고 싶어?', '동생한테 왜 그렇게 했어?'

"엄마랑 같이 가면 헤어질 때 슬퍼서 안 돼."

"벌레는 코로나 아닐 때도 학교 안 가니까요!"

"자꾸 까불면서 얄밉게 굴잖아요."

소통하고 공감해야 알 수 있습니다. 엉뚱한 대답을 듣고 있다 보면 물어보길 잘했다는 생각이 듭니다. 아이들과 공감하는 엄마가 된 것 같아서 뿌듯합니다.

물론, 아무리 노력해도 안 되는 일은 있습니다. 학교에서 친구가 놀렸다며 엉엉 우는 아이를 보면 '별것도 아닌데 저렇게까지 울 일인가?' 싶은 생각도 듭니다. 그래도 겉으로 내색하지 않고 고개를 끄덕여줍니다.

상담과 코칭을 하는 날은 공감 능력을 최대치로 끌어내 소통합니다. 공감을 위해 에너지를 다 쓰고 난 후 집에 돌아와 정신없이 낮잠에 빠집니다.

어째서인지 아이들과 공감하려고 노력할수록, 상담과 코칭보다 더 피곤해지는 것을 느꼈습니다. 에너지가 빨리 소진되고 '기 빨리는' 느낌을 지울 수 없었습니다. 왜 그럴까요? 저는 공감이라 생각했던 일들이 사실은 '감정노동'이었기 때문입니다.

알고 보니 감정노동

'감정노동'이라는 말을 아시나요? 실제 감정을 속이고, 만들어낸 감정으로 타인을 대하는 것을 감정노동이라고 합니다. 서비스직에 종사하는 사람만 감정노동에 시달리는 게 아닙니다. 엄마도 결국 감정노동자입니다.

압니다. 살다 보면 감정노동이 어느 정도는 필요하다는 걸요. 감정노동을 하지 말자는 말이 아니라 공감과 감정노동의 차이를 알고, 알아차리자는 겁니다. 나의 감정을 먼저 살핀 다음 타인과 공감해야 합니다. 내 느낌, 감정, 생각들을 무시하고 상대에게 맞춰주는 것은 결코 공감이 아닙니다. 습관화된 감정노동일 뿐입니다.

혹시 감정노동으로 지친 상황이라면 꼭 쉬는 시간을 가지세요. 저는 낮잠을 자거나 맛있는 음식을 사 먹기도 하고, 식탁에 앉아 종이에 그때의 상황과 감정을 적어봅니다. 적다 보면 나중에 똑같은 일이 발생했을 때, 감정노동을 하는지 공감하고 있는 건지 구분할 수 있습니다.

정서적으로 건강한 사람은 죄책감 없이 자신의 욕구를 충족시키고, 자신을 희생하지 않으면서 다른 사람들과 관계를 맺는다고 합니다. 이 말처럼 당신도 감정노동과 적당히 거리를 두고 자신을 지켰으면 좋겠습니다.

감정노동과 적당히 거리를 두고 자신을 지켰으면 좋겠습니다. 스스로 적으며 나의 목소리를 들어보세요.

… 공감과 감정노동 중 무엇을 더 많이 하는 편인가요?

… 타인에게 감정 표현을 솔직하게 하는 편인가요?

… 감정노동 후 무얼 하며 휴식하나요?

: 필땡쓰(FeelThanks)

감정과 감사가 만나면 필땡스(FeelThanks)

저는 매일 일기를 씁니다. 제가 성실한 사람이어서 일기를 쓰는 건 아닙니다. 잘살고 싶은데 어떻게 해야 할지 몰라 막막했을 때, 방송인 정선희 씨의 유튜브를 보게 됐습니다. 그녀는 힘든 시기에 일기를 쓰면서 감정을 털어놓고 상처를 치유했다고 합니다.

저도 처음엔 그녀를 따라서 일과를 정리하는 정도의 일기를 쓰다가 점점 제 감정을 찾아 노트에 적기 시작했습니다.

많이 쓰고 오래 쓰다 보니 저만의 노하우가 생겨서 '필땡쓰

(FeelThanks) 일기'도 만들었습니다. 필땡스는 감정(Feel)과 감사 (Thanks)를 합친 말입니다.

노트를 펴고 안 좋았던 일과 그때의 감정, 좋았던 일과 그때의 감정을 적습니다. 내일 할 일을 적고 순간 떠오르는 감정을 적습니다. 그다음 보살피기(스스로 칭찬하기, 기도문, 고마운 사람, 감사한 일 등)를 적으며 마무리합니다. 이런 식의 일기를 3년 넘게 적으며 마음을 관리하고 있습니다.

어떤 감정으로 살고 있나요?

이쯤에서 우리 집 '하숙생'이자 '카톡 천사'인 남편 이야기를 해보겠습니다. 남편은 가족들과 저녁 약속을 한 날엔 희한하게 바쁜 일이 생깁니다. 퇴근 후 친구를 만나거나 골프 치러 가는 날에는 바쁜 일이 생기지 않는데 말이죠.

그날도 마찬가지였습니다. 저녁 식사 계획이 틀어지고 아빠를 기다리던 아이들은 결국 컵라면으로 저녁을 때웠습니다. 아이들에게

미안하고, 간만에 누가 해주는 밥 좀 먹어보겠다고 기대했던 마음이
실망스러웠습니다. 아이들과 라면으로 대충 끼니를 때우고 식탁에
앉았습니다.

지금 나의 감정 섭섭하다, 겸연쩍다, 암담하다, 질린다, 지긋지긋하다, 민망하
다, 난처하다, 열받는다, 속상하다, 괴롭다···
내가 남편이라면 어떤 감정일까? 미안하다, 난처하다, 조바심 난다, 안절부절
못한다, 눈치 본다···

제 감정을 적고, 남편 입장이 되어 남편 마음을 헤아려봤습니다.
적고 보니 같은 상황인데도 다른 감정이 보였습니다.

당장 계획이 틀어졌다는 이유로 화가 났던 마음이 점점 가라앉았
습니다. 남편을 앉혀놓고 잘잘못을 따지거나 남편 탓을 하는 것도
답이 아니라는 생각이 들었습니다. 그러기엔 남편의 고생과 희생을
너무도 잘 알고 있었거든요.

주중엔 바쁜 남편이니 가족 외식은 주말에 하면 될 일입니다. 남
편 빼고 아이들하고만 외식해도 큰일 나는 게 아닌데, 당장 계획이

틀어졌다는 생각에 화의 감정이 먼저 일어났죠. 당신은 어떤가요? 사소한 일에 가족과의 관계를 망치고 있지는 않나요? 나와 타인의 감정(Feel)을 적어보세요. 그리고 그 안에서 감사(Thanks)를 찾아보세요.

하루에 10분만 나에게 투자합시다

우리는 감정 조절이 안 되는 사람이 아니라, 감정을 내세워 말과 행동을 조절하지 못한다는 것을 인정해야 합니다. 하루에 10분, 딱 3일만 일기를 써보세요. 힘든 일이 있을 때 상담소나 강의를 검색할 시간에 일기를 쓰는 겁니다. 유려한 문장을 만들어야 일기가 아닙니다. 나의 감정을 살펴볼 수 있으면 됩니다. 지금 당장 노트를 펴고 나의 감정을 시각화해보세요.

가만히 적다 보면 같은 상황임에도 다른 감정이 보입니다. 스스로 적으며 나의 목소리를 들어보세요.

··· 일기를 쓴 경험이 있나요? 마지막으로 쓴 일기는 언제인가요?

··· 오늘 안 좋았던 일과 그때 느낀 감정은 무엇인가요?

··· 오늘 좋았던 일과 그때 느낀 감정은 무엇인가요?

: 　오늘부터 나와 1일

불친절한 보라 씨

마음이 고르지 못한 날 아이가 장난감을 들고 와 소꿉놀이를 하잡니다. 음료수병 모형 하나가 찌그러져서 자꾸 넘어집니다. 속상한 아이는 그때부터 떼쓰기 시작합니다. 아이가 떼를 쓰니 저도 짜증이 납니다.

"뭘 그런 걸 가지고 그래? 어쩔 수 없잖아."

엄마의 오늘 날씨가 저기압이라는 걸 아이가 눈치챈 것 같습니다.

아이는 엄마가 자신을 쳐다보는 눈빛, 말투, 느낌 등으로 상황을 파악합니다. 저도 마찬가지입니다. 아이의 표정과 행동을 보며 즐거운지 겁먹었는지 알 수 있습니다. 그런 아이를 보며 하루에도 몇 번씩 후회와 자책을 반복합니다. 제 기분이 좋은 날은 아이의 감정을 공감해주고 위로해주지만, 문제는 이런 날이 '아주 가끔' 있다는 겁니다. 한마디로 복불복입니다. 저는 그날의 감정에 따라 콩쥐 엄마가 되기도 하고, 팥쥐 엄마가 되기도 합니다.

누구나 자기애는 있다

유독 가족에게만 불친절한 저를 느낍니다. 바깥에서 만난 사람들에게는 친절하면서요. 한 프로그램에서 인상적인 장면을 본 적이 있습니다. 운전 중 시비가 붙었는데 상대편 차량에서 마동석 씨처럼 건장한 사람이 내린다. 이때 분노를 참을 수 없어 주먹부터 나간다면 '분노조절장애', 분노가 사라진다면 '선택적 분노조절장애'라는 거죠. 그걸 보는데 뜨끔했습니다. 모르는 사람에겐 친절하고 가까운 사람에게 불친절한 제가 떠올랐거든요.

'자기애'의 사전적 의미는 '자기를 사랑하는 마음'이지만, 제가 정의하는 자기애는 조금 다릅니다. 저는 '스스로 친절한 것'을 자기애라고 생각합니다. 제가 누군가에겐 친절하고 누군가에겐 불친절한 사람이었던 이유도 '자기애'가 부족해서였죠.

자기애가 부족하니 어떤 날은 스스로가 예뻤다가 어떤 날은 못생겨 보이고, 어떤 날은 친절했다가 어떤 날은 온종일 예민해지기도 합니다. 자기애를 높이려면 나에게 친절해지는 것이 가장 중요하다는 걸 알면서도 현실이 발목을 잡는 기분입니다.

자기애도 학습이다

집에만 있다 보면 성취감, 존재감을 느낄 일이 거의 없습니다. 거울에 비친 내 모습이 후줄근합니다. 그런 저에게 친절해지기가 어렵습니다. 피부는 왜 이래, 머리 스타일 지겨워, 예전엔

안 그랬는데…. 자꾸 과거와 비교합니다. 과거의 저는 사라진 지 오래인데 말이죠.

저는 글을 쓰며 과거에서 빠져나올 수 있는 힘을 길렀습니다. 현실의 나를 인정하려고 노력했죠. 쉬운 일은 아니었지만 의식적으로 나에게 친절해지려고 애썼습니다. '으휴, 내가 이렇지 뭐!'라는 부정적인 생각이 들 때면 재빨리 알아차리고 의식적으로 멈췄습니다. 내 감정을 누르고 타인의 감정을 먼저 챙기는 것을 줄였습니다. 나를 먼저 챙기고 지킬 수 있는 방법을 찾기 시작했습니다.

자기애도 연습해야 합니다. 나부터 잘살아야 해요. 그래야 부정적인 기운이 주변으로 번지지 않습니다.

알면 변한다

나를 챙긴다는 건 거창한 게 아닙니다. 저는 글을 쓰며 자기애를 찾으려고 했지만, 누군가는 글 쓰는 게 고통일 수도 있습니다. 자기만의 방법을 찾으면 됩니다. 좋아하는 커피를 사 먹거나 밤에 맥주 한잔 마시며 TV를 보거나, 동네를 산책해도 좋습니다. 아이나 타인이 좋아하는 것 말고 내가 좋아하는 일을 하면 됩니다.

스스로 존중하고 친절하게 대하면 친절한 사람이 됩니다. 좀 더 관대한 마음으로 주변을 볼 수 있습니다. 양치하다가 옷소매를 흠뻑 적신 아이에게 화부터 내지 않고 '축축해서 찝찝하지 않아?' 질문하게 됩니다. 마음의 여유는 표정과 눈빛, 말투로 나타납니다. 아이는 엄마의 표정과 눈빛을 보며 안정감을 느낍니다.

당신이 생각하는 자기애는 무엇인가요? 친절함? 용기? 믿음? 무엇이든 좋습니다. 자기애에 대한 정의를 내렸다면 의식적으로 행동해보세요. 자기애는 연습입니다. 연습은 스스로 해야 합니다. 내가 나를 버리면 누구도 나를 돌봐주지 않습니다. 모든 것은 '나부터'입니다.

자기애도 연습해야 합니다. 나부터 잘 살아야 해요. 그래야 부정적

인 기운이 주변으로 번지지 않습니다.

 … 당신이 생각하는 자기애는 무엇인가요?

 … 나부터 챙기는 방법은 무엇일까요?

 … 오늘은 어떤 방법으로 스스로를 사랑했나요?

: 나의 절친 '나'

나는 나를 모른다

"엄마는 언제 제일 행복했어?"

아이의 질문에 순간 고민했습니다. '너를 낳았을 때'라고 대답해야 좋은 엄마일 것 같은데 입이 떨어지지 않습니다. 대외적 대답과 내면의 대답 사이에서 갈등했습니다. 아이를 낳았을 때도 물론 행복했죠. 무척 행복했습니다. 지금의 저는 '혼자 있을 때' 가장 행복합니다. 너무 냉정한가요?

한때는 주위에 사람이 많고 밖으로 돌아야 성격 좋고 사회적인 사람이라고 생각했습니다. 매일 옆집 엄마와 점심 약속을 하고 밖에 나가 사람들을 만났습니다. 백화점을 배회하고, 남편 흉을 보고, 나랏일을 걱정하고, 아이들 육아 지식을 쏟아 놓는 소모적인 순간이 짜릿했습니다.

처음엔 그 생활을 즐기다가 실컷 놀고 왔는데도 에너지가 소모되는 느낌이 지속되자 외출을 줄이고 집에 있는 시간을 늘렸습니다. 책을 읽고 글을 끄적거리는 시간이 길어졌죠. 체력이 회복되면 다시 바깥으로 나가 할 일을 했습니다. 물론, 제가 외향적인 사람이라고 착각하던 시절의 이야기입니다.

타인과 거리두기, 나와 가까워지기

갈 곳, 먹을 것, 나를 행복하게 하는 것들을 적었습니다. 영화 보기, 카페 가기, 등산하기, 서점에서 책 고르기···. 적고 보니 '굳이' 누군가와 함께하지 않아도 될 일들이었습니다. 마음이 외로울 때 여기저기 전화해서 만날 사람을 정하고, 타인의 취향에 맞춰 백화점이나 마트를 배회하는 것보다 낫다는 생각마저 들었죠.

저와 조금 더 친해진 후엔 노트에 혼자 노는 방법, 제가 좋아하는 것들을 적어두었다가 밖에 나가고 싶은 날, 할 일을 하나씩 골라 시간을 보냅니다. 에너지를 충전하고 돌아오면 마음도 여유로워집니다. 아이들에게 쓸데없이 화내는 일도 잦아듭니다. 시간을 낭비하는 것과 가치 있게 소비하는 것을 구분하게 됩니다.

사람을, 지금 만나는 사람을 만나지 말라는 뜻이 아닙니다. 외로움은 타인에게서 충족시킬 수도 있지만 스스로도 채워야 합니다. 타인과의 관계에 목매지 말고 나와 먼저 친해지자는 의미입니다.

혼자 노는 시간이 길어지면 삶이 독립적으로 변합니다. 나의 변화는 관계의 변화를 가져옵니다. 동네 엄마들을 만날 시간에 독서 모임이나 봉사활동에 참여하고, 커피숍에서 북카페로, 식탁에서 스터디카페로 공간과 시간의 쓰임 역시 변합니다. 사람과의 관계는 줄겠지만, 깊이 있는 인연은 늘어날 것입니다.

초록 동색

　내 주변이 바뀌지 않는 이유는 주변 사람이 바뀌지 않아서일 수도 있습니다. 내 주변이, 내 의식이 바뀌었는지 궁금하다면 내가 어울리는 사람이 바뀌었는지 확인해보면 됩니다.

　내가 바뀌지 않고 주변 사람만 바꾸려는 건 욕심입니다. 달리기를 좋아하는 사람과 온종일 앉아있는 걸 좋아하는 사람이 오랜 시간을 함께 보내기는 어렵습니다. 내가 달리기를 좋아하는 사람인지, 앉아있기를 좋아하는 사람인지 알려면 자신과 먼저 친해져야 합니다. 자신을 먼저 알고 관계를 넓히면 깊이 있는 인연만 남게 될 것입니다.

자신을 먼저 알고 관계를 넓히면 깊이 있는 인연만 남게 될 것입니다.

… 나는 나와 친한 사이인가요?

… 내가 가장 좋아하는 시간은 언제인가요?

… 나와 좀 더 친해지려면 어떻게 해야 할까요?

: 어른 아이

결핍

제 부모님은 맞벌이였습니다. 외동딸인 저 하나 잘 키
워보겠다고 두 분이 밤낮없이 일하셨죠. 엄마는 바쁜 와중에도 제
가 점심을 혼자 먹게 될까 봐 점심시간마다 집으로 달려오셨습니다.
집에 와서는 부랴부랴 저를 챙기고, 당신은 밥 한술 제대로 뜨지 못
하고 다시 일터로 돌아갔습니다. 평생을 저만 보며 살았던 부모님
인데, 저는 왜 부모님을 생각하면 서운함과 원망스러운 마음이 먼저
들까요?

어릴 땐 일하는 엄마보다 집에 있는 엄마를 원했습니다. 학교에서

돌아왔을 때 날 반겨주는 엄마, 밤에 함께 잘 수 있는 엄마, 휴일에 같이 놀러 갈 수 있는 엄마…. 부모님이 저를 사랑하지 않았던 게 아닌데, 저는 부모님의 부재가 저를 사랑하지 않아서라고 생각했던 것 같습니다.

어릴 적 결핍은 어른이 돼서도 나타납니다. 저는 사회생활을 할 때도 누군가의 사랑과 관심을 온전히 받길 원했고, 친구를 소유하고 싶어 했습니다. 결국 결핍은 관계의 어려움, 의심, 두려움이라는 과잉을 가져왔습니다.

과잉

7년 전 일입니다. 아이를 등원시킨 후 동네 엄마들과 편의점 파라솔에 앉아 지나가는 사람들을 구경했습니다. 얼마 전까지 놀이터에서 가끔 마주쳤던 이웃이 지나가기에 안부를 물었습니다.

"요즘 얼굴 보기 힘드네요?"

"일하러 다녀요. 늦게까지 봐주는 어린이집으로 옮기느라 요즘 정신이 없었어요."

바삐 걸음을 옮기는 이웃의 뒷모습을 보며 저도 모르게 중얼거렸습니다.

"안 됐다. 애가 늦게까지 집에도 못 오고. 지금 딱 애착 형성할 시기인데….”

남의 사정은 무시한 채, 제 기준으로 해석하고 파악했습니다. 육아 서적에서 읽은 내용을 제 지식인 것처럼 말하며 엄마들 앞에서 목소리를 높였습니다. 내 말을 집중해서 듣지 않으면 더 큰 소리로 말했습니다. '잠깐만! 내 말 좀 들어봐!'

남에게 인정받으려고 잘난 사람인 척했습니다. 함부로 타인을 평가하고 충고하며 스스로 우월감을 느꼈습니다. 현실은 부족한 게 많은 사람인데 그걸 숨기려니 자꾸 거짓으로 부풀려졌죠. 사람들이 저를 달가워하지 않는 것 같으면 먼저 마음을 닫아버리고 내 잘못이 아니라며 정신 승리로 일관했습니다.

성장

아이들이 점점 자라다 보니 제 안의 결핍을 알아차리고 해결해야 한다고 생각했습니다. 제가 가진 부정적인 감정이 아이들에게 전이될까 봐 두려웠고, 무엇보다 가족과의 관계에서조차 어려움을 느꼈기 때문이죠. 노트를 펴고 저의 내면을 들여다봤습니다.

나의 결핍 누군가의 인정, 사랑받은 경험이 없다고 생각함, 타인의 칭찬, 존중
나의 과잉 자기중심적, 자만심, 성취욕이 강함, 인정받고 싶어 함
하지 말아야 할 것 거만한 말과 행동, 내 멋대로 판단하기, 나는 옳고 너는 틀렸다는 생각

원인이 보이자 그간 저의 행동이 이해됐습니다. 남에게 인정받고

싶은 마음에 타인을 깎아내리면서 우월감을 느끼고, 거기에서 제 결핍을 충족시키고 있었던 겁니다. 쟤보다는 내가 행복해, 쟤보다는 내가 낫지, 쟤보다 내가 똑똑해, 쟤보다는….

저의 민낯을 마주하자 수치심이 몰려왔습니다. 여태껏 그랬던 것처럼 이건 사실이 아니라고 부정하고 싶었어요. 받아들이고 인정하는 게 쉽지 않아서 반성부터 시작하기로 했습니다.

혹시 사람과의 관계가 두렵게 느껴지나요? 시작하기도 전에 마음의 문을 닫아버리나요? 당신의 결핍과 과잉이 무엇인지 생각해보세요. 너무 어렵다면 자신의 강점과 약점을 적어보세요. 강점은 살리고 약점을 보완하다 보면 결핍은 채워지고 과잉은 가벼워질 겁니다.

스스로에게는 솔직해져야 합니다. 나를 먼저 알아야 해결할 수 있는 방향도 보일 테니까요.

가족, 이웃, 사회에서 충족되지 못한 욕구는 과잉으로 나타납니다.
내 안의 결핍과 과잉은 무엇인가요? 스스로 적으며 나의 목소리를
들어보세요.

··· 내 안의 결핍과 과잉은 무엇인가요?

··· 나는 무엇을 성취하려고 노력하나요?

··· 내가 원하는 것을 성취하려면 무엇을 하고, 무엇을 하지 말아야 할
    까요?

:　상처엔 소금을 뿌려야 덜 아프다

분노는 나로부터 시작된다

당신은 스스로가 미운 적이 있나요? 저는 성인이 된 후에도 스스로 미워하며 살아왔던 것 같습니다. 왜 미워하는지 이유조차 모른 채 마음에 칼을 품고 살았습니다. 제가 품은 칼에 제가 찔려 다치는 줄도 모르면서요. 항상 내일은 좀 더 나아지자고 다짐하지만, 다짐이 행동으로 이어진 적은 많지 않았습니다.

아이에게 화내고 사과하는 날이 반복되자 점점 지쳐갔습니다. 저를 화나게 하는 건 아이가 아니라 저 자신이라는 생각이 들면서도 해결할 방법을 찾지 못해 답답했습니다.

도서관에서 심리에 관한 책은 모두 빌려 와 쌓아두고 읽기 시작했습니다. 그러다가 ≪30년 만의 휴식≫이란 책에서 인상적인 구절을 발견했습니다. '누구나 마음속에 어린아이를 품고 산다, 어른이 되어 알 수 없는 우울과 반복된 어려움을 겪고 있다면 내면 아이를 찾아 위로해주라'는 내용이었습니다.

저자의 말처럼 어릴 적 상처받은 경험과 감정이 치유되지 않아 성인이 된 후에도 나를 지배하고 있다는 생각이 들었습니다. 노트를 펼쳐 과거의 저를 소환해봤습니다.

어릴 때 슬프고 아팠던 일 혼자 밥 먹을 때, 날 반겨주는 사람이 없던 집, 엄마가 오기만을 기다릴 때, 이야기할 사람이 없었을 때, 텅 빈 집에서 혼자 보던 TV

내가 가장 듣고 싶었던 말 잘한다, 멋지다, 할 수 있다···.

적고 보니 더 우울했습니다. 과거의 나를 떠올리는 것만으로 아팠습니다. 괜히 끄집어내 속만 더 시끄러워졌다고 생각했죠. 적어놓은 것을 부정하고 싶었습니다. 떠올리는 것만으로 아프니 인정하기 싫었습니다.

부정은 긍정의 시작

자기 부정은 자기 긍정의 가능성을 열어줍니다. 부정과 긍정 사이의 균열은 아픔으로 나타납니다. 마음에서 일어나는 균열을 무엇으로 메우느냐에 따라 나를 미워하거나, 용서하게 될 것입니다.

과거를 소환했을 때, 아픔과 두려운 경험이 떠오르는 건 긍정의 신호입니다. 원인을 찾았다는 뜻이고 원인을 알면 결과도 바꿀 수 있으니까요. 그 부분만 잘 치유하면 됩니다. 과거의 아픔과 두려운 감정은 자신을 바꿀 수 있는 열쇠가 될 수 있습니다.

제 어린 시절과 다시 마주한 저는 현재까지 이어지는 불편한 감정의 원인을 찾아보았습니다. 어린 시절 늘 텅 빈 집에 혼자 있었는데, 제 아이들 곁에는 늘 엄마가 있습니다. 어린 시절 늘 밥을 혼자 먹었는데, 제 아이들은 혼자 밥을 먹게 하지 않습니다. 어린 시절 말할 사람이 없어서 늘 외로웠는데, 남편 옆에는 말을 들어주는 제가 있습니다.

나는 그랬는데, 제 아이들과 남편은 아닙니다. 너는 같이 밥 먹어

줄 엄마도 있는데, 너는 얘기 들어 줄 사람도 있는데 '그럼에도 불구하고' 뭐가 불만이야! 에서 시작된 열등감이 칼이 되어 제 마음에 살고 있었던 겁니다.

나의 불행이 너의 불행으로 이어지지 않도록

저의 문제를 깨닫자 아이에게 화풀이하고 남편에게 짜증냈던 그간의 행동이 '자해'처럼 느껴졌습니다. 날 좀 도와달라는, 내 얘길 들어달라는 메시지를 잘못된 방법으로 호소했던 거죠. 손목을 긋고 피를 봐야만 자해가 아닙니다. 내가 나를 괴롭히면 그게 자해입니다.

내면의 상처를 묵혀두면 결국 나를 미워하게 됩니다. 내가 나를 미워하는 순간 고통이 시작됩니다. 내가 아프면 남들 돌볼 겨를이 있을까요? 없습니다. 나로부터 시작된 고통은 주변으로 번집니다. 그러니 아주 오래된 묵은 상처부터 꺼내 하나씩 풀어보면 좋겠습니다.

하루아침에 모든 문제를 해결할 수는 없습니다. 오랫동안 숨을 고르며 나를 마주해야 합니다. 앞서 말했듯, 과거의 나를 왜곡 없이 떠올리는 건 무척 고통스러운 일입니다. 저 또한 인정하기 싫어서 노트를 덮어버린 적도 여러 번입니다. 쓸수록 아프고 힘들고 미워질 겁니다. 그걸 마주하는 힘을 키우며 하나씩 인정하다 보면 나를 가장 미워하는 사람도 결국 '나'이고, 나를 용서하고 사랑해줄 사람도 '나'라는 것을 알게 될 것입니다.

내면의 상처를 묵혀두면 결국 나를 미워하게 됩니다. 아주 오래된 묵은 상처부터 꺼내 하나씩 풀어보면 좋겠습니다.

··· 나의 내면엔 어떤 아이가 있나요?

··· 내면의 아이는 무엇을 원하나요?

··· 나를 미워한다면 어떤 점이 미운가요? 용서해야 한다면 무엇부터 용서하면 좋을까요?

: 타존감? No! 자존감? Yes!

잃어버린 자존감을 찾아서

결혼 전에는 일과 취미생활, 대인관계로 자존감을 높일 수 있었지만, 육아만 하다 보면 친구나 취미는 모두 뜬구름 같은 얘기가 됩니다.

주부를 대상으로 강의할 때, 각자 정의하는 자존감이 무엇인지 노트에 적어보라고 합니다. 열에 여덟은 펜을 들고 한참을 망설입니다. 그러다가 휴대폰을 꺼내 '자존감'을 검색하는 분들도 있죠. 우리의 공통점이 또 있는데 출산 전에는 꽤 괜찮은 직업을 가진 사람이었다는 겁니다. 이쯤 되니 출산과 육아가 모든 걸 망가뜨리는 무시

무시한 폭탄처럼 느껴집니다. 분명 행복한 일도 많은데 말이죠. 출산과 육아를 결코 가볍게 여길 수는 없지만 저와 그분들을 보며 책임감과 희생정신을 먼저 떠올렸습니다. 타인을 위해 나를 온전히 내어주는 게 말처럼 간단한 일이 아닌 걸 우린 이미 알고 있어요. 그분들은 자존감이 없는 게 아니라, 잠시 잊고 살았던 것뿐입니다. 잠시 잊었던 자존감은 다시 찾으면 됩니다.

나의 자존감을 아이를 통해 채우다

저도 마찬가지였습니다. 엄마가 된 후 아이를 통해 제 자존감을 채웠습니다. 하루에 동화책을 20권씩 읽는 아이, 바르게 앉아 반찬 투정 없이 밥을 먹는 아이, 또래보다 일찍 기저귀 뗀 아이…. 남들이 내 아이를 칭찬할 때 제 자존감도 덩달아 높아졌습니다. 밖에서도 마찬가지였습니다. 아이에게 큰소리치지 않으려고 노력했습니다. 영하의 날씨에 아이가 외투를 벗겠다고 하면 외투를 벗겼습니다. 내복 차림으로 마트에 가겠다고 해도 내버려 뒀습니다.

놀이터에서 양말을 벗어 던져도 아무 말 안 했습니다. 외식하러 가는 길에 길거리 간식을 사달라고 하면 먹였습니다. 너무 평온했어요. 화내지 않는 엄마, 울지 않는 아이. 우리를 부러워하는 주변 시선, 정말 이상적인 그림 아닌가요?

눈치채셨겠지만, 저는 마냥 너그러운 엄마가 아닙니다. 아이 외투를 벗기며, 내복 바람으로 마트를 배회하는 아이를 보며, 벗어 던진 양말을 주우며 속은 부글부글 끓었습니다. 속이 문드러져도 꾹 참은 거죠. 밖에서 아이와 실랑이하고 어르고 달래다가 결국엔 폭발하는 제 모습이 뻔히 보였거든요. 아이가 원하는 걸 들어줘야 순간을 모면할 수 있었습니다. 사람들은 아이를 칭찬합니다. '어쩜 이렇게 의젓하지?, 어쩜 이렇게 얌전하지?' 저는 그 말로 제 자존감을 채웠습니다.

타존감 버리기

올바로 교육할 것이냐, 아이 비위를 맞춰주고 듣는 칭찬을 자존감으로 적립할 것이냐. 지금 생각하면 바보 같은 문제를 두고 심각하게 고민했습니다. 아이들 요구를 모두 들어주다 보니 어느 순간부터 입버릇처럼 하는 말도 생겨났죠. '이것들이 보자 보자 하니까! 엉?' 제 본성을 누르다 보니 아이들이 떼쓰거나 울지 않아도 점점 화가 났습니다. 화가 난다는 건 마음이 불편하다는 소리입니다. 맞지 않는 옷을 벗기로 했습니다.

타인은 결코 내 자존감을 높여줄 수 없습니다. 그게 가능했다면 '타존감'이라는 단어도 있었겠죠. 단어가 없다는 건 세상에 그런 건 존재하지 않는다는 말입니다.

결국 자존감은 스스로 높여야 합니다. 아이를 통해, 타인의 애정을 통해 자존감을 높이려 하지 마세요. 과거에 '잘나갔던' 본인의 모습도 지워야 합니다. 책임감과 희생정신도 잠시 넣어두고, 나의 자존감을 높일 방법이 무엇인지 적어보았으면 좋겠습니다.

자존감은 스스로 높여야 합니다. 아이를 통해, 타인의 애정을 통해
자존감을 높이려 하지 마세요.

… 내가 정의한 자존감은 무엇인가요?

… 나는 무엇을 통해 자존감을 높이고 있나요?

… 타인을 통해 자존감을 충족했다면 새로운 방법을 찾아 적어보세
요.

: 나는 나답고, 너는 너답다

'너다운' 말고, '나다운'

영화 〈먹고 기도하고 사랑하라〉에 이런 대사가 나옵니다.

"변화가 두려워 고통에 안주하는 우리와 달리 혼돈의 세월을 견뎌내고 변화에 적응하며 온갖 재난, 약탈을 극복한 그곳을 보면서 난 느꼈어. 어쩌면 내 인생은 내가 생각했던 것만큼 엉망이 아니었는지도 모른다고…"

'변화가 두려워 고통에 안주한다.'라는 말이 가슴에 박혔습니다. 항상 '나답게' 살아야겠다고 다짐하지만 현실에 안주하는 저 자신을 깨닫기 때문입니다.

글을 쓰고 마음을 들여다보기 전까지 '나 자신에게 솔직한 것'이 나다운 것이라고 생각했습니다. 영화를 본 후 나다운 게 무엇인지 다시 한번 정의해봤습니다.

나다운 것 진짜 원하는 것을 찾아 '살아가 보는' 것. '살아가는 것'이 아닌, '살아가 보는 것'

잃어버린 '나'를 찾기 위해 사는 게 '나다움'이라고 생각했습니다. 집에만 있으면 뒤처지는 것 같아서 바깥에서 내면의 변화를 찾았습니다. 집에서 살림하며 육아에 집중하던 엄마들을 이해하지 못했습니다. 한심해 보이기도 하고 답답해 보이기도 했죠. 스스로 돌보지 않는 것 같았고 무기력하다 생각했습니다. 그러다 우연히 듣게 된 누군가의 말이 제 편견을 깨주었습니다.

"가족들이 먹을 요리를 하고 집 안 정리하는 게 행복해요. 정돈된

집에서 편히 쉬고, 내가 만든 요리를 맛있게 먹는 식구들을 보면 제가 살아있음을 느끼거든요."

살아있음을 느낀다는 말에 제 생각이 얼마나 편협했는지 깨달았습니다. '나'를 찾기 위해 노력하는 삶도 나다움이고, 타인을 위한 삶도 나다움이란 것 알게 되었습니다.

당신은 누구입니까?

당신은 언제 가장 당신다운가요? 스스로 묻고 답하는 시간을 가져보면 좋겠습니다. 나를 정의한다는 것은 어렵습니다. 나의 내면을 면밀히 들여다봐야 하고, 하나둘 적다 보면 적나라한 나를 마주하게 되어 불편하고 고통스러울 수도 있습니다. 그 고통을 마주해야 내면을 성찰할 수 있습니다. 자기 삶의 결정권을 가지려면 성찰해야 합니다. '나다운 삶'은 성찰과 자기 인식, 알아차림 없이는 불가능합니다.

나답게 사는 것은 자기중심적으로 사는 것과는 다릅니다. 내 감정, 내 생각이 옳다고 주장하며 사는 것은 나다운 게 아닙니다. 어디에도 끌려가지 않고, 나만의 중심을 잡고 사는 게 중요합니다.

중학생이 된 제 큰아이는 매일 거울을 보며 예뻐 보일만 한 옷을 고릅니다. 저도 한때는 그랬고, 타인을 통해 나를 찾는 것도 나쁜 방법은 아닙니다.

나를 중심에 두고 이리저리 왔다 갔다 하다가, 다시 나에게로 돌아오면 됩니다. 정말 '나다운 게 뭔지' 나에게 묻고 답해보세요.

나는 언제 가장 나다울까요? 스스로 적으며 나의 목소리를 들어보

세요.

… 나다운 건 무엇일까요?

… 다른 길을 갈 용기가 있나요? 현재에 안주하지 않고, 고통과 마주

설 수 있나요?

… 세상을 살아갈 나만의 지도는 무엇인가요?

:   내 덩치가 어때서?

스스로 만든 감옥에 갇히다

"두 번째 줄에 덩치 큰 학생 대답해보자."

"킥킥킥."

한 번도 제 '덩치'를 싫어한 적이 없던 사춘기 소녀는 그날 이후 큰
몸집을 싫어하게 됐습니다. 어떻게 하면 '덩치가 작아 보일지' 고민
했죠. 눈이 크고 예쁘다는 말을 들어도 '눈 크면 뭐 해. 덩치도 큰데',
웃는 게 귀엽다는 말을 들어도 '웃는 게 귀여우면 뭐 해. 덩치가 큰
데'라며 스스로 감옥에 가두었습니다.

한번 시작된 열등감은 타인에게 인정받으려는 욕구로 번졌고, 사회에 나와서도 내가 갖지 못한 것을 상대가 가지고 있으면 그 모습만 부러워했습니다. 결혼 후 아이를 낳고서도 제 열등감은 좀처럼 나아지지 않았습니다. '이렇게 열심히 하는데 왜 잘한다고 안 해주지?, 왜 고생한다고 말해주지 않지?, 내가 육아를 잘못하고 있나?, 내가 서운한 이유가 뭘까?…'

괜찮았던 하루도 열등감이 고개를 드는 순간 한순간에 망가졌습니다. 한번 두려운 감정이 생기면 모든 게 이유 없이 마음에 들지 않았습니다. 인정받고 싶은 욕구가 두려움에서 오는 '열등감'인지, 진짜 인정받고 싶은 욕구인지도 궁금했습니다.

내가 열등감을 느낄 때 남들이 나보다 행복해 보일 때, 남들이 돈 걱정 없이 사는 모습을 볼 때, 좋은 직장을 가진 사람을 만날 때, 아담한 체구의 여성을 볼 때, 옷 잘 입는 사람을 볼 때, 나보다 육아 고수인 엄마들을 볼 때, SNS에서 행복한 모습의 이웃을 볼 때, 누군가가 나를 소외시킨다고 느낄 때, 내가 하는 말을 무시할 때, 내가 못 하는 것을 잘하는 사람을 볼 때….

적고 보니 결국 남과의 '비교'가 원인이었습니다. 채워지지 않는 인정 욕구는 내가 못 가진 것을 만날 때 열등감이 되어 저를 괴롭혔습니다. 남과의 비교도 결국 제가 시작한 일이어서 이 문제를 해결할 사람도 저밖에 없다고 생각했습니다. 나를 옥죄는 것이 무엇인지 천천히 적어보았습니다.

> 내가 만든 감옥은 무엇일까? 밥 먹고 바로 설거지해야 한다, 날씬해야 예쁘고, 사랑 같다, 주어진 일은 무조건 열심히 해야 한다, 육아, 가정의 문제는 모두 나 때문이다….

유독 '~해야 한다.'라는 말이 반복되는 걸 알았습니다. 왜 밥을 먹고 바로 설거지를 해야 하지? 무조건 열심히 한다고 좋은 건가? 나 때문이라는 죄책감은, 참 싫은 감정이구나…. 결국 모든 문제는 마음에서 시작해 마음으로 끝난다는 걸 알아차렸습니다.

내 안의 두려움과 불안을 찾으려면 나에게 말을 걸어야 합니다. 스스로 만들어 놓은 감옥에서 나온다는 건, 한 걸음 내디딜 수 있는 용기입니다. 한걸음의 시작은 '적는 것'입니다. 두려운 마음이 들면 그 원인이 어디에서 오는 건지 적어보세요. 적다 보면 '이런 이유 때문인가?'라는 깨달음이 생깁니다. 힌트를 찾으면 해결책도 스스로 찾을 수 있습니다.

저는 '열등감' 있는 사람이 아니라 '열등함'을 자주 느끼는 사람이라는 걸 적으면서 깨달았습니다. 요리를 못하는 것은 '열등함'이고, 요리를 못하면서, 불에 대한 트라우마가 있으면 '열등감'이라고 할 수 있습니다.

인생에서 가장 극복하기 어려운 감정이 열등감이라고 생각합니다. 이걸 어떻게 극복하느냐에 따라, 인생이 바뀐다고도 생각하고요. 극복하려면 도전해야 합니다. 도전해야 틀이 깨지고 변화가 시작됩니다. 고요한 시간에 홀로 앉아 나에게 물어보세요. 생각나는 대로 적어보는 것이 도전이고, 변화입니다.

지금 당장 노트를 펴고, 스스로 만든 감옥에서 탈출하시길 바랍니다.

스스로 만들어 놓은 감옥에서 나온다는 건, 한 걸음 내디딜 수 있는 용기입니다. 스스로 적으며 용기를 내보세요.

… 내가 열등감을 느낄 때는 언제인가요?

… 두려움이 올라오는 순간은 언제인가요?

… 스스로 만든 감옥은 무엇인가요?

: 안 괜찮으니까 좀 내버려둘래?

괜찮다는 위로는 넣어 두세요

저혈압 치료 드라마 〈부부의 세계〉를 보셨나요? 주인
공 선우는 아들 준영에게 버림받자 모든 걸 포기하고 바다로 뛰어듭
니다. 반쯤 미쳐있는 선우를 윤기가 물 밖으로 끌고 나와 말하죠.

"마음껏 울어요."

드라마니까 가능한 대사라는 걸 알면서도 그 무엇보다 위로가 되
는 말처럼 느껴졌습니다. 선우는 그 말에 힘을 얻어 일상으로 돌아

갑니다.

우리는 보통 '괜찮아, 힘내'라는 말로 상대를 위로하고 위로받습니다. 문제는 괜찮다는 말을 들어도 괜찮지 않고, 힘내라는 말을 들어도 힘이 나지 않는다는 겁니다.

나를 위로해 줄 사람은 누구에게나 있습니다. 위로가 위로처럼 느껴지지 않아서 인상적이지 않을 뿐이죠. 저도 마찬가지였습니다. 제가 힘들 때 많은 사람이 위로의 말을 해줬지만, 공감하지 못하니 한낱 단어로 느껴질 뿐이었습니다. 저는 왜 타인의 위로를 위로로 듣지 못했을까요?

나를 위로해 줄 단 한 사람

한참 육아에 찌들어있을 때 이상과 현실의 괴리감 때문에 우울했던 적이 있었습니다. 거울 속의 저는 잔뜩 살이 쪄있고 머리는 산발에 피부는 푸석하고 눈은 퀭한, 그야말로 '총체적 난국'

이었습니다. 쫄바지도 무릎이 나올 수 있다는 걸 육아하며 알게 되었죠. 그런 저에게 누군가가 말하더군요. '아이를 키우는 건, 세상에서 가장 큰 행복이야.'

압니다. 그걸 누가 모르나요? 맞는 말을 들었는데 왜 마음은 더 외로운 느낌이었을까요? 제 안의 답답함이 무엇에서 비롯된 건지 궁금했습니다.

나를 위로하는 말 당연히 그럴 수 있지, 누구나 다 그래, 그랬구나, 얼마나 힘들었을까.

위로되지 않는 말 괜찮아, 힘내, 힘들지?

저에게 필요했던 건 '괜찮아, 힘내'보다 '당연히 그럴 수 있어'라는 위로였습니다.

자존감과 긍정성이 높은 이들의 후천적 공통점이 있다고 합니다. 곁에 건강한 어른, 단 한 사람이 있었다는 거죠. 내 곁에 건강한 어른, 단 한 사람이 없다면 내가 되어보는 건 어떨까요? 누구보다 나를 잘 아는, 나를 기다려줄 수 있는 사람은 나밖에 없습니다.

쇼핑을 하거나 산책을 하는 등 스스로 위로할 수 있는 나만의 '루틴'을 만드는 것도 좋습니다. 외출이 어렵다면 식탁에 앉아 적는 것도 좋은 방법입니다.

그럼에도 타인에게 위로받고 싶다면 고민을 털어놓기 전에 명확히 말하는 것을 추천합니다. 보통 남편들은 냉정하고 현실적인 조언을 한답시고 뜨거운 감정에 찬물을 끼얹는 경우가 많습니다. 이럴 때를 대비해서 미리 얘기해두는 거죠. '내 이야기를 그냥 들어만 달라고, 어쭙잖은 충고는 넣어두라고.'

내 곁에 건강한 어른, 단 한 사람이 없다면 내가 되어보는 건 어떨까요? 스스로 적으며 나의 목소리를 들어보세요.

… 나를 위로해 줄 '단 한 사람'이 있나요?

… 어떤 방법으로 나를 위로하면 좋을까요?

… 지금 듣고 싶은 위로의 말은 무엇인가요? 왜 그 말을 듣고 싶은가요?

: 상처가 나야 새살이 돋는다

동굴에 들어갔다 올게!

　일요일 아침, 주방이 시끄러운 걸 보니 남편이 아침을
차리는 듯합니다. 저는 꼼짝하지 않고 침대에 누워 잠을 청합니다.
몸이 지치거나 마음이 힘들 때 제가 하는 행동 중 하나는 '잠자기'입
니다. 사람이 이렇게까지 잘 수 있나, 싶을 정도로 잠이 고픈 상황이
오면 느껴집니다. 내가 동굴 속으로 들어가고 있다는 걸요. 맞습니
다. 일종의 회피입니다. 너무 많이 자서 피곤함이 몰려올 정도로 잠
을 통해 현재의 '나'를 외면합니다.
　글쓰기의 힘을 알게 된 후 번아웃이 찾아오면 펜을 들고 어떻게

극복할 것인지 적었습니다. 집을 치우고 아이들을 보살펴야 하니 저를 채찍질하며 억지로 일어서려고 했습니다. 그런데 별 효과가 없었습니다. 결국, 제가 기다려줘야 다시 일어설 수 있다는 것을 깨달았습니다.

뭘 해도 안 될 때는 아무것도 하지 말자

당신은 힘들 때 어떤 행동을 하나요? 저는 글쓰기를 통해 내면을 다스립니다. 그런데 그마저도 안 통할 때가 있습니다. 식탁에 앉을 힘도 없고, 펜을 들 의지조차 안 생깁니다. 그럴 땐 그냥 내버려 둡니다. 내버려 두면 언젠가 다시 쓰고 싶어집니다. 그때 펜을 잡고 이유를 찾으면 됩니다.

다시 쓰며 치유하면 그제야 아이들이 눈에 들어옵니다. 며칠간 소홀했던 집밥을 챙겨주고 '이제부터 잘해볼게' 다짐하며 일상으로 돌아옵니다. 한 번씩 무너지고 나면 제 삶이 얼마나 행복하고 감사한지 깨닫게 됩니다.

무기력하고 두려운 감정이 나쁜 걸까요? 대부분 무기력증이 찾아오면 거기서 벗어나기 위해 발버둥 칩니다. 자신을 가만히 내버려두지 않고 더 바쁘게 일하고 열심히 운동합니다. '내가 지쳐간다'는 느낌을 두려워합니다. 스스로 다그치는 행동이 단기적으로는 효과가 있을지도 모릅니다. 하지만 어느 순간 감정은 '펑'하고 터질 겁니다.

멈춤은 비우는 게 아니라 채우는 것

이상은 높으나 현실은 형편없을 때, 우리 마음은 점점 힘을 잃습니다. 그럴 땐 마음부터 채워야 합니다. 좋아하던 일이 싫어지고 삶이 무료해진다면 나만의 동굴에 잠시 들어가 보세요. 조급함을 내려놓고 다그치지도 말고 나를 가만히 다독여주세요. 내가 무너져야 새로운 내가 다시 일어설 수 있습니다.

우리 사회는 세련되고 긍정적인 감정을 원합니다. 하지만 내가 있어야 가정도 있고 사회도 있는 겁니다.

'남들이 보는 나'보다 '내가 보는 나'를 먼저 챙겨보세요. 일상과 거리를 두고, 잠깐 모든 걸 놓아버렸으면 좋겠습니다. 그러다 보면 다시 일어서는 나를 만나게 된다는 걸 잊지 마세요.

'남들이 보는 나'보다 '내가 보는 나'를 먼저 챙겨보세요. 스스로 적으며 나의 목소리를 들어보세요.

… 나는 지쳤을 때 어떤 행동이나 생각을 하나요?

… 힘들 때 이겨내는 방법은 무엇인가요?

… 지금 멈추거나, 놓아야 할 것이 있나요?

: 부정과 마주하기

아이에게 감정 쓰레기를 버렸다

〈오징어 게임〉이 화제입니다. 다소 무거운 내용이지만 어린 시절 추억을 소환하는 게임들이 나와서 반가웠습니다. 우리 동네에선 '얼음땡'이 유행이었는데…. 어린 시절을 추억하다가 마음 아픈 일이 떠올랐습니다.

가족과 덕유산으로 여행 간 적이 있습니다. 눈이 소복이 쌓인 한겨울에 곤돌라를 타고 정상에 올랐습니다. 절경을 사진으로 남기고 싶은데 셀카봉이 없어서 지나가는 분께 사진 촬영을 부탁했습니다.

둘째 아이는 '하나, 둘, 셋' 소리가 들리는데도 눈을 감고 있었습니다. 눈을 뜨라고 했더니 흰자를 내보이며 괴물 표정을 지었습니다. 그러지 말라고 옷을 잡아당겼습니다. 감정이 실려 힘 조절이 되지 않았습니다. 순간 아이가 눈에 미끄러지며 절벽 근처로 주저앉았습니다. 얼른 일으켜 세워줘야 하는데 몸이 움직이지 않았습니다. 너무 답답했습니다. 얼음이 된 저에게 누군가 '땡!'을 외쳐주면 좋을 것 같았습니다. 다행히 아무 일도 없었지만, 자칫 큰 사고가 날 수 있었던 아찔한 기억으로 남아있습니다.

인간은 같은 실수를 반복한다

아이 옷을 잡아당기는 순간 후회했습니다. 왜 항상 일을 저지르고서야 후회하는지 모르겠습니다. 여행을 다녀온 후에도 죄책감은 오랫동안 사라지지 않았습니다. 노트를 펴고 반성하는 글을 적다가 저도 몰랐던 사실을 알게 되었습니다. 제 행동에 '고의성'이 있었다는 걸요.

아이 옷을 잡아당길 때 제 마음은 분노에 차 있었습니다. 사진 찍어주는 분께 고맙고 미안한 마음이 있었습니다. 추운 날 시간을 뺏는 것 같아 최대한 빨리 사진을 찍고 싶었죠. 그런데 둘째 아이가 자꾸 장난치며 시간을 끌자 화가 났던 겁니다. 아이 옷을 잡아당기는 행동으로 화를 풀었습니다. 넘어지는 아이를 잡아줄 수 있었지만 일부러 잡지 않았습니다. 미운 감정이 '얼음 반응'을 만들었던 거죠.

얼음! 땡!

위급한 상황일 때 아무것도 할 수 없는 것을 '얼음 반응'이라고 합니다. 이것 또한 방어기제 중 하나입니다. 몸이 신체와 정신을 보호하기 위해 나타나는 현상이죠.

아이 옷을 잡아당기고 오랫동안 죄책감을 느끼는 제가 모순덩어리처럼 느껴졌습니다. 불편하고 미안한 마음이 어디에서 비롯된 건지 알 수 없어서 노트를 펴고 끊임없이 적었습니다. 내 감정을 보호하느라 아이를 위험에 빠뜨렸던 게 비로소 보였습니다. 그리고 깨달았죠. 넘어지는 아이를 잡아줄 수 있었는데, 일부러 잡지 않은 것이 죄책감이 되어 저를 괴롭혔다는 걸요. 노트를 덮고 아이에게 사과 편지를 썼습니다. 편지를 읽은 아이는 별말 없이 저를 안아주었습니다.

외면 말고 직면

마음의 소리에 귀 기울이면, 나를 알 수 있습니다. 하지만 본인의 잘못을 인정하는 게 두려워 외면하게 됩니다. 외면한다는 건 부정적인 영향이 크기 때문일 것입니다. 당장 아프고 괴로워서 외면해버리면 아무것도 해결할 수 없습니다. 치유하지 못한 상처는 더 곪을 뿐입니다. 마음이 고통스러울수록 더 파헤쳐서 드러내야 합니다. 피하지 않고 정면으로 맞서야 단단해질 수 있습니다.

인정하기 싫은 일일수록 노트에 적어보세요. 단순히 노트에 적는 게 변화를 가져올까? 의심이 들 수도 있습니다. 의심인 건지, 하기 싫은 건지, 못하는 건지 먼저 알아차려야 합니다. 내면을 마주하는 게 불편하고 싫어서 못 하는 거라면 그나마 다행입니다. 인식하고 있다는 의미니까요. 마음의 준비는 되었다는 뜻이니 용기만 내면 됩니다.

불편함을 마주하는 횟수가 늘어날수록 마음이 편해진다는 걸 기억하세요.

불편함을 마주하는 횟수가 늘어날수록 마음이 편해집니다. 스스로
적으며 나의 목소리를 들어보세요.

… 내가 애써 외면하고 있는 불편함은 무엇인가요?

… 마음의 소리를 일부러 듣지 않는 이유는 무엇인가요?

… 지금 느끼고 있는 고통을 모두 적어보세요.

친정엄마도 여자였고, 한 사람이었다

저는 결혼 전 친정 부모님을 불편해하며 살았습니다.
안부 전화를 하지도 않고 전화가 와도 잘 받지 않았죠. 결혼 후 시부
모님의 사랑을 받을 때마다 이상하게 친정 부모님이 생각났습니다.
언젠가부터 불편한 관계가 되어버린 친정 부모님을 마주할 때마다
슬프고 아팠습니다.

어릴 적 부모님과 함께 보내는 시간을 간절히 원했지만 쉽지 않
았습니다. 친정 부모님은 늘 바쁘셨거든요. 외로움과 공허함을 품고
자란 저는 절대 엄마처럼 살지 않을 거라고 다짐했습니다. 결혼 후

아이를 낳고 '나'를 지우고 육아와 살림에 전념했습니다. 누가 시킨 것도 아닌데 말이죠.

거의 반평생을 일했던 친정엄마는 2년 전 일을 그만두셨습니다. 어느 날 뜬금없이 노래를 한 곡 보내오며 가사가 참 와 닿는다고 들어보라고 하셨습니다. 드라마 〈나의 아저씨〉 OST였는데 가사를 곱씹으며 듣다가 결국 울고 말았습니다. 가사 안에 엄마의 삶이 있었습니다.

글쓰기로 화해하기

노트를 펴고 친정 부모님을 떠올리면 불편한 이유가 무엇인지 천천히 생각해봤습니다.

외로웠던 기억, 혼밥, 나를 혼내는 듯한 말투···

아이를 키우다 보면 고운 말을 쓰는 게 얼마나 힘든 건지 깨닫습니다. 말도 안 되는 떼를 쓰거나 위험한 행동을 할 때면 고함부터 지르기 일쑤입니다. 제가 아이들을 미워해서일까요? 사랑해서입니다. 내 새끼가 다치거나 버릇없는 아이로 자라기를 바라는 부모는 세상 어디에도 없을 겁니다.

적고 보니 엄마의 고단한 삶이 보였습니다. 엄마도 꿈이 있었을 텐데, 나를 키우며 힘들고 벅찼을 텐데 저는 저만 생각했습니다. 자라면서 서운했던 일만 골라서 기억에 담고 살았던 겁니다. 부모님 덕에 제가 누린 것과 받은 사랑은 쏙 빼놓고 못 가진 것, 부족한 것만 기억하니 부모님에 대한 원망이 생길 수밖에요. 새벽까지 울며 글을 적다가 엄마에게 메시지를 보냈습니다.

"엄마, 그냥 미안해서요. 지금 사과하지 않으면 안 될 것 같아서…."

장문의 문자를 보낸 후 잠이 들었습니다. 아침에 일어나보니 부재중 전화가 수십 통 와있더군요. 살갑지도 않고 불만만 많은 딸이 행여나 어떻게 됐을까 봐 혼비백산한 엄마의 메시지가 잔뜩 와 있었습니다.

엄마와 좀 더 화해하기 위해 함께 환갑여행을 다녀왔습니다. 어제까지 무뚝뚝했던 딸이 하루아침에 살가워질 수는 없어서 여행 가기 전 스스로 다짐했습니다. '짜증내지 않기, 화내지 않기, 상처 주는 말 하지 않기…'

제 걱정과 달리 여행은 평화로웠습니다. 상대를 이해하니 마음가짐도 달라지고, 마음이 달라지니 굳이 화낼 일이 없었습니다.

거울효과

타인이 밉다는 건 내가 나를 미워하는 거울효과일 수 있습니다. 타인과 좋은 관계를 맺고 싶으면 나 자신과 먼저 화해해야 합니다. 나와 화해해야 타인과도 화해할 수 있습니다. 상대의 잘 잘못을 따질 시간에 자문해보세요. 화가 나는 원인이 무엇인지 살펴보세요. 원인이 본인에게 있다면 망설이지 말고 화해의 손길을 내밀어 보세요.

상대를 이해하면 마음가짐이 달라지고, 마음이 달라지면 굳이 화낼 일이 없습니다.

··· 나를 화나게 하는 사람은 누구인가요?

··· 그 사람 때문에 화가 나는 이유는 무엇인가요?

··· 어떤 방법으로 화해하면 좋을까요?

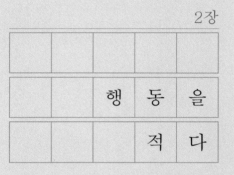

2장

행동을

적다

: 방어기제 쇼핑하기

방어기제

　방어기제는 자아가 위협받는 상황이 되면 자신을 보호하는 심리 의식이나 행위입니다. 방어기제는 다양한 행동으로 나타납니다. 일이 생기면 남 탓(투사)부터 하거나, 과장되게 부풀리거나(허세), 마음과 정반대로 행동(반동형성)하는 등, 정도의 차이가 있을 뿐 누구나 방어기제를 갖고 있습니다.

　방어기제는 성숙한 방어기제와 미성숙한 방어기제로 나뉩니다. 미성숙한 방어기제는 합리화, 억압, 부정, 허세, 투사, 퇴행, 치환, 반동형성 등이 있고, 성숙한 방어기제는 이타주의, 유머, 승화, 금욕 등이 있죠.

저는 일상(여기서 말하는 일상은 가족 이외의 사람들과 만날 때를 말합니다)에서 성숙한 방어기제를 주로 쓰려고 합니다. 애써 웃으며 힘든 일을 이겨내려고 하죠. 그런데 의문이 들었습니다. 일반적으로 생각하는 '성숙한 방어기제'는 정말 성숙한 걸까? '미성숙한 방어기제'는 정말 미성숙한 걸까? 이걸 누가 어떻게 나누고 맞다 틀리다 단정하는 거지? 실패와 고난을 '합리화'해서 다시 일어서면 합리화도 성숙한 방어기제가 아닐까?

나도 모르는 나

"나랑 얘기 좀 해."

"난 그냥 놔둬야 화가 풀려. 제발 그냥 놔둬."

묵언수행을 빙자한 회피. 부부싸움에서 사용하는 저의 방어기제입니다. 저는 말을 걸지 않아야 화가 없어진다고 합리화하고, 남편은 자신을 투명 인간 취급한다며 억울해합니다. 맞습니다. 남편을 나쁜 사람으로 만들기 딱 좋은 방어기제입니다.

인터넷에서 '자아 방어기제 테스트'를 해본 적이 있습니다. 테스트하기 전엔 당연히 '합리화'라는 결과가 나올 거라고 생각했습니다. 평소의 저는 스스로 합리화하는 경향이 있거든요. 그런데 '왜곡'이라는 결과가 나왔습니다. 있는 그대로 보지 않고, 경험한 내용을 어떤 식으로든 다른 의미로 변화시키거나 사실과 다르게 보는 경향이 높게 나타난 거죠.

여태껏 남편과의 다툼에서 스스로 합리화했던 이유는 제 마음과 감정이 편해지려고 어떻게든 상황을 회피했던 겁니다. 일종의 습관처럼 말이죠.

내가 가진 고유의 기질이 아닌데, 합리화하는 게 습관화되었다…. 눈치채셨나요? 저는 '왜곡'이라는 제 결과를 보고 방어기제도 학습할 수 있을 거라는 생각이 들었습니다.

방어기제 꼭 나쁘기만 할까?

긍정적으로 승화되거나 나와 타인에게 좋은 영향을 주는 선에서는 부정적인 방어기제도 나쁘지 않다고 생각했습니다. 나의 단점을 보완할 수 있는 다른 방어기제를 적절히 섞어 쓰면 될 것 같았죠.

남편과의 부부싸움이 떠올랐습니다. 남편을 나쁜 사람으로 만들지 않으려면 어떤 방어기제를 쓰면 좋을까? 인터넷에 방어기제 종류를 검색했더니 수많은 단어 중 '승화'라는 단어가 눈에 들어왔습니다. 승화는 고통스러운 마음이나, 스트레스, 억압된 욕망 등을 해소하는 것을 말합니다.

남편과 싸운 뒤 방문을 걸어 잠그고 합리화하는 것보다 운동을 나가거나 글쓰기에 집중하며 승화하는 게 훨씬 나은 방법일 것 같았습니다.

당신의 방어기제는 무엇인가요? 평소에 쓰는 방어기제를 아예 안 쓸 수는 없습니다. 다만, 스스로 도움이 될 만한 방어기제를 함께 사용해보자는 겁니다.

노트를 펴고 적어보세요. 내가 버리고 싶은 나의 방어기제는 무엇인지, 내가 가지고 싶은 방어기제는 무엇인지. 내게 도움이 될 만한 방어기제는 무엇인지 알아차려 보세요.

당신이 선택한 성숙한 방어기제가 좀 더 나은 삶으로 이끌어줄 테니까요.

나는 평소에 어떤 방어기제를 쓰고 있나요? 스스로 적으며 나의 목소리를 들어보세요.

··· 인정하고 싶지 않아 자꾸 피하게 되는 것은 무엇인가요?

··· 평소에 쓰는 방어기제는 무엇인가요?

··· 어떤 심리 방역(방어기제)을 사용해보고 싶은가요?

: 나부터 잘살자

나에게 쓰는 편지

2018년 강의를 준비하면서 스피치 수업을 들은 적이 있습니다. '나에게 쓰는 편지'를 숙제로 받았는데, 제 마음을 들여다보는 글을 쓰기 전이어서 '잘해, 응원한다, 힘내자'라는 말로 편지지를 채웠습니다. 저를 응원하는 말이 가득했는데 왜 저는 힘이 나지 않았을까요? 몇 년 전 스스로에게 편지를 썼던 기억을 되살려 다시 한번 저에게 편지를 써봤습니다.

안녕? 오랜만이야. 그동안 왜 너의 안부를 묻지 않았는지 스스로 미안한 마음이 들어. 너를 내가 제일 많이 궁금해하고 챙겼어야 했는데, 다른 사람들에겐 관심을 주면서, 정작 나에게 안부를 묻지 않았던 것 같아.

지난 시간을 가만히 떠올려보니 혼자 외로워하고 스스로 결정해야 했던 삶의 중요한 순간들이 떠오른다. 보라야, 많이 외롭고 힘들었지? 모든 게 네 책임인 것 같고, 힘들 때마다 도망가고 싶었지?

수많은 흔들림 속에서도 너만 생각하지 않아서 고마웠어. 어디서 그런 힘이 나왔는지 모르겠지만, 누구나 겪는 일상의 상처를 넌 정면으로 마주했어. 그때서야 나는 너를 인정하고 사랑하게 된 것 같아.

요즘 널 보면 참 좋아. 목표가 있고 사랑이 넘쳐나는 네가 나라서 말이야. 지금처럼 의심하지 말고 성장하자. 보라야! 지금까지 고생 많았어. 이제 너의 안부를 자주 물을게! 내가 너를 제일 많이 사랑해 줄게. 고마워, 사랑해, 감사해.

편지를 소리 내서 읽다가 감정이 북받쳐서 꺽꺽 울었습니다. 과거의 편지엔 '응원'을 가장한 채찍질만 가득했는데, 나를 들여다보기 시작한 뒤로 스스로 다독일 힘이 생겼습니다. 내가 먼저 나를 돌봐야 합니다. 그 힘으로 가족, 타인을 돌볼 수 있으니까요.

나의 안부를 물어보세요

아이 운동화를 사러 매장에 들렀습니다. 알록달록 예쁜 신발을 구경하면서도 머릿속은 아침에 있었던 일로 복잡합니다. 한겨울에 봄 점퍼를 입고 어린이집에 가겠다는 아이와 실랑이 끝에 울리고 말았습니다. 눈물 콧물 다 빼고 등원한 아이가 온종일 우울해할까 봐 걱정됩니다. 물 한잔 마시고 출근한 남편도 마음에 걸립니다. 5분만 일찍 일어나서 뭐라도 챙겨줄 걸 후회됩니다.

간밤에 스스로에게 편지를 쓰며 나부터 잘살자고 다짐했던 저는 어디로 간 건지. 습관적으로 가족 걱정을 하는 모습에 웃음이 났습니다. 오늘만큼은 나를 위한 선물을 사야겠다고 생각했습니다. 아이 신발을 내려놓고 제가 신을 운동화를 구경했습니다. 디자인이나 기능보다 가격이 싼 걸 찾다가 생각을 바꿨습니다. 발도 편하고 제 마음에 쏙 드는 운동화를 샀습니다.

한 번쯤은 나의 안부를 먼저 물어보세요. 나를 위한 선물을 사고, 나 먼저 챙겨보는 겁니다. 지금 나의 상황을 알아야 주변을 여유롭게 볼 수 있는 힘이 생기니까요.

내가 나를 돌봐야 그 힘으로 타인을 돌볼 수 있습니다. 스스로 적으며 나의 목소리를 들어보세요.

… 나에게 짧은 편지를 써보세요.

… 나에게 해주고 싶은 말은 무엇인가요?

… 나에게 주고 싶은 선물은 무엇인가요?

종이 위에 떨어진 눈물

"미워요. 미워 죽겠어요. 책을 읽고 내면을 들여다보
는데 엄마 생각이 나서 너무 힘들어요."

독서 모임에서 만난 그녀는 1남 5녀 중 다섯째 딸입니다. 남동생
이 태어난 후 모든 사랑을 빼앗긴 그녀는 자신이 태어난 게 잘못이
라고 생각하며 스스로 존재를 인정하지 않고 살았습니다. 남아선호
사상에 대한 반감과 남자에 대한 적대감이 생길 수밖에 없었죠.
   그런 그녀가 아들, 딸 남매를 키우는 엄마가 되었습니다. 그녀는

20살이 된 아들과의 관계를 유독 힘들어했습니다. 양면의 감정이 있는 자신이 못난 엄마 같다며 한탄했습니다. 저는 그녀에게 어떤 감정이든 종이에 적어볼 것을 권유했습니다.

"뭘 써야 할지 모르겠어요."

"아무거나 쓰세요. 미운 사람 욕도 하고, 서운한 거 다 쓰세요."

"글재주도 없고, 그런 걸 해본 적도 없어서…."

"공모전 나갈 것도 아닌데 못 쓰면 좀 어때요. 어차피 혼자만 볼 거니까 괜찮아요. 마음이 풀릴 때까지 계속 써보세요."

2주 후에 다시 만난 그녀는 한결 밝은 얼굴이었습니다. 그녀는 2주 동안 틈날 때마다 종이 위에 화를 내고 울고 분노했다고 합니다. 그러다 보니 미워했던 사람의 마음을 '이해'할 수 있게 되었다고 했죠. 그녀 입에서 나온 '이해'라는 단어에 가슴이 뛰었습니다.

둘보다 혼자가 나을 때가 있다

그녀는 미워했던 엄마와 대화하는 대신 혼자 글로 적으며 엄마를 이해했습니다. 그녀의 어머니 역시 여자로 태어나 남동생과 오빠 뒷바라지하느라 상처 입고, 그 상처를 그녀에게 대물림했던 거죠.

엄마가 그럴 수밖에 없었던 상황을 이해하면서 자신과 아들의 관계도 객관적으로 볼 수 있었습니다. 남자에 대한 불편한 생각이 자신도 모르게 아들에게까지 부정적인 영향을 끼치고 있었던 겁니다.

그날 그녀는 아들에게 사과했다고 합니다. 아들에게 문제가 있다고 생각했는데, 본인에게도 이유가 있었음을 깨달은 거죠.

누구나 상처는 있다

제 남편의 별명은 '카톡 천사'입니다. 카톡 천사는 새벽에 출근해서 밤늦게 돌아와 잠을 자고, 새벽이 되면 다시 사라집니다. 주중엔 아이들 얼굴 볼 일이 드물어서 메시지와 전화로 대화하는 편인데, 세상 부드럽고 다정한 '이상적인' 아빠의 모습이라서 카톡 천사가 되었습니다. 그런 남편도 유일하게 '화'를 낼 때가 있습니다. 아이들끼리 다투다가 누구 하나(또는 둘 다)가 울게 되는 순간이죠.

애들이 싸우다가 좀 울 수도 있지, 그걸로 버럭하는 남편을 이해하지 못해서 다툰 적도 많습니다. 아이들 싸움이 어른 싸움으로 번지면 서로에게 상처 주는 말을 하고서야 끝이 납니다. 그런 상황이 싫고 마음 아파서 남편이 왜 '어떤 순간'에만 화를 내는지 궁금해졌습니다.

노트를 펴고 끊임없이 적다 보니 분노는 가라앉고 남편에 대한 연민이 생겼습니다. 하지만 원인은 찾지 못해서 남편에게 직접 물어보기로 했죠.

"왜 아이들이 싸우면 갑자기 화를 내는지 궁금해."
"싸우는 게 화나는 게 아니라, 우는 모습에 화가 나."

남편은 어릴 때 엄마(제 시어머니)가 우는 모습을 자주 봤다고 합니다. 가난해서, 힘들어서 엄마가 울 때 자신은 아무것도 할 수 없었다고 합니다. 그 아이가 자라 결혼하고 아이를 낳고도 상처는 치유되지 않아서 저와 아이가 울면 어릴 적 상처가 떠올랐던 겁니다. 온전히는 아니지만, 남편의 마음을 조금 이해할 수 있었습니다.

쓰지 않았다면 남편의 상처를 알아채지 못하고 아이들이 싸우고 울 때마다 부부싸움이 반복되었을 겁니다.

왜 써야 할까?

사람은 상처받으면 상처 준 사람에게 사과받고 싶어 합니다. 문제를 끄집어내 대화하며 함께 해결하려고 하죠. 상처를 준 사람은 어떻게든 상황을 모면하려고 합니다. 추궁과 변명이 오가다가 문제 해결은커녕 더 큰 상처만 남기게 됩니다. 이럴 땐 말보다 글이 효율적입니다.

당신은 어떤가요? 이해할 수 없는 행동을 하는 남편, 친정엄마, 자녀가 있나요? 대화를 시도할수록 답답한 마음만 드나요? 그렇다면 대화를 멈추고 노트에 적어보세요. 계속 써야 합니다. 한두 번 만에 상대를 '이해'할 수 있는 너그러움이 생기지 않는다는 걸 꼭 명심해 주세요.

문제의 실마리가 풀리지 않을 땐, 대화보다 글이 효율적입니다. 스스로 적으며 나의 목소리를 들어보세요.

··· 어색하거나 힘들게 만드는 관계가 있나요?(가족, 이웃, 친구, 회사 동료 등)

··· 그 사람은 왜 그런 행동과 말을 할까요?

··· 그 사람과 잘 지내는 방법은 무엇일까요?

： 감정을 시각화하자

카레가 잘못했네

"먹지 마!"

제 말에 아이가 놀란 토끼 눈이 되어 저를 쳐다봅니다. 오늘따라
왜 그러느냐고 묻는 것 같습니다. 월경이 시작되면 별것 아닌 일에
도 짜증이 솟구칩니다. 몸이 안 좋아 만사가 귀찮은데도 열심히 카
레를 만들어줬더니 '저번에 해 준 카레가 더 맛있다'라는 소리를 합
니다. 똥손이 만들어도 맛있는 게 카레라던데! 아이의 말에 섭섭함
이 밀려왔습니다.

설거지하며 곰곰이 생각했습니다. 아이로선 전에 먹었던 카레가 더 맛있었으니 더 맛있었다고 한 것뿐입니다. 카레 맛이 문제가 아니라 제 컨디션이 안 좋아 생긴 짜증이었다는 걸 깨달았습니다.

"엄마가 1시간 동안 만든 카레가 맛없다고 하니 서운했나 봐. 화내서 미안해."

"오늘 먹은 것도 맛있었어요. 근데 저번엔 내가 좋아하는 고기가 많아서 더 좋았어요."

그러고 보니 아이의 말 어디에도 '맛없다'는 이야기는 없었는데, 순간적인 부정적 감정이 단어마저 곡해했다는 생각이 들었습니다.

"그랬어? 다음엔 고기 많이 넣고 해 줄게."

솔직한 마음 전달은 오롯한 관계를 만들어줍니다. 내 마음이 정확히 뭔지 알려면 감정을 적어서 시각화해야 합니다.

감정은 느낌입니다. 시각화하지 않으면 '좋다', '나쁘다'로 구분될 수밖에 없죠. 글쓰기의 가장 큰 장점은 '좋다', '나쁘다'에 한정되지 않고 감정을 시각화할 수 있다는 겁니다.

내 감정이 좋으면 왜 좋은지, 배가 불러서 좋은지, 따뜻한 느낌이 좋은지, 노곤한 상태라 좋은지, 성취감으로 행복한지 적으며 알 수 있습니다. 반대로 감정이 나쁘면 배가 고파서 짜증 나는지, 소음 때문에 불쾌한지, 몸이 아파 기분이 나쁜지 구체적인 나의 상태를 알 수 있죠.

오랫동안 글을 쓰며 마음을 정리하게 되면, 설거지하면서도 머릿속에 노트를 펼치고 글을 적을 수 있습니다. 머릿속에서 노트를 펼칠 수 없다면 식탁에 앉아 종이 노트를 펼치고 적으세요. 책 읽고 강의 듣고 뒤돌아서면 까먹는 것보다 훨씬 효율적인 방법이라 생각합니다.

감정을 종이에 그려보세요. 스스로 적으며 나의 목소리를 들어보세요.

··· 최근에 안 좋았던 일이 있나요? 어떤 감정을 느꼈나요?

··· 타인 또는 상황이 그럴 수밖에 없었는지 생각해봅시다.

··· 내 마음을 정확히 아는 것 같나요?

: 인생이란, 원하는 삶을 사는 것

독필질답: 독서하고, 필사하고, 질문을 만들어 답한다

저는 책을 읽으며 저에게 질문하고 답하는 과정을 매일 하고 있습니다. 책의 문장을 공감하며 눈으로만 읽지 않습니다. 종이에 옮겨 적습니다. 그러다 보면 나에게 궁금한 것들이 생깁니다. 책은 나를 깨닫는 하나의 도구인 셈입니다. 삶이 흔들릴 때 멘토나 친구를 찾는 대신 스스로 물어보면 좋겠습니다. 질문하는 것으로 끝나지 않고 답을 해보는 겁니다. 예를 하나 들어보겠습니다.

정재찬 작가의 《우리가 인생이라 부르는 것들》의 한 구절을 인용

해보겠습니다.

"죽을 때까지 밥을 먹듯, 죽기까지 성실하게 사는 것 그것이 인생이다. 식후 물 한 모금, 물 마시며 한 끼 한 끼 먹어 넘기듯, 그렇게 잘 넘기고 넘어가는 게 우리의 사는 법입니다."

이 문장을 노트에 옮겨 적으며 떠오르는 생각을 바로 밑에 이어서 적습니다.

생각 잘 넘기고 잘 넘어가는 게 인생이라고 한다. 맞는 말 같다. 잘 먹고 잘 자는 것이 하루 일 중 큰 비중을 차지한다. 나에게 인생이란 무엇일까? 궁금하다. 천천히 먹어야만 탈이 나지 않는 쌀밥 같다. 바쁘고 조급하게 인생을 사는 나다. 한 번도 내가 생각하는 인생에 대해 생각해 본 적이 없었다.

질문 인생이란 무엇일까?

답 심오하다. 한편으로 아무런 정의가 없다. 인생에 대한 정의를 내리는 게 맞는 걸까? 순간마다 다르고, 다름에 대응하고 버리며 살아가는 게 인생이다. 인생은 내리는 눈이다. 행복도 슬픔도 잡는 순간 녹아 없어지는 것 같다. 모든 것들이 추억이 된다. 나에게 인생은 추억을 만드는 것 같다. 아직은 여기까지다.

생각지도 못한 결론이 났습니다. 인생은 추억을 만드는 것이다!

스스로 적고도 놀랐습니다. 내가 이런 말을 할 수 있구나!

나의 언어를 만나다

타자는 쓰는 속도는 빠르지만 정지된 문자가 아니라서 생각할 수 있는 시간이 짧습니다. 하지만 손으로 꾹꾹 눌러쓰면 내 생각을 글로 옮길 수 있습니다. 흔히 잡생각이 들 때 명상을 권유하는데, '독필질답'은 훌륭한 명상이 될 수 있습니다. 책에 담긴 메시지에 집중하다 보면 걱정과 불안을 잠시 잊을 수 있습니다.

손으로 쓰면 '나의 언어'도 만나게 됩니다. 많이 쓰다 보면 자기만의 언어가 생깁니다. 나만의 언어가 많아지면, 자신이 원하는 삶을 살아가고 싶어집니다. 원하는 삶을 살려면 책을 읽으며 스스로 질문해야 합니다.

행복해지는 것들

아이들이 클수록 혼자 집에 있는 시간이 길어집니다. 할 수 있는 것, 하고 싶은 게 없어 우울해집니다. 내가 어떤 사람인지도 모르겠고, 뭘 원하는지 몰라 답답하다면 책을 펼치고 마음에 드는 구절을 옮겨 적어 보세요. 옮기며 떠오른 질문에 스스로 답해보세요. 그것만으로도 평온함을 느끼실 겁니다. 질문에 돌아오는 답이 두렵고 인정하기 싫더라도, 한 번쯤은 스스로와 마주할 수 있는 시간을 가졌으면 좋겠습니다.

많이 쓰다 보면 자기만의 언어가 생깁니다. 나의 언어가 많아지면,
원하는 삶을 살고 싶어집니다. 당신은 어떤 인생을 꿈꾸나요? 스스
로 적으며 나의 목소리를 들어보세요.

… 나는 왜 질문하지 않고 살았나요?

… 기록, 쓰기가 어떤 힘이 될까요?

… 필사하고 싶은 책 3권을 골라보세요.

: 내가 나인지, 네가 나인지

내가 놓치고 있는 것

첫째가 초등학교에 입학하고, 둘째가 유치원에 다니기 시작하자 그토록 바라던 '혼자만의 시간'이 생겼습니다. 저는 기다렸다는 듯 바깥 활동에 집중했습니다. 아이들에게 좀 더 나은 엄마가 되고 싶어서 낮에는 쉼 없이 무언가를 배우고 익히고, 쫓기듯 집안일을 하고 늦게까지 책을 읽었습니다. 그간의 시간을 보상받으려는 듯 저에게 집중했습니다.

살림에 육아까지 하며 쉼 없이 도전하는 저에게 사람들은 '잘한다, 멋지다, 대단하다'는 말을 해줬습니다. 그 말에 심취해서 더 멋지게, 더 대단하게 살려고 발버둥 쳤죠.

바깥에서 만난 인연에 집중하느라 가족에게는 점점 소홀해졌습니다. 부모님께는 전화 한 통 안 하면서 새로 사귄 사람과는 하루가 멀다고 통화를 했습니다. SNS에 제 삶을 '전시'하느라 많은 시간을 쏟았습니다. 밤낮 바쁘게 살다 보니 잠이 부족해지고 잠이 부족해지니 점점 예민해졌습니다. 이유 없는 두통과 요통이 시작되자 과부하가 걸리기 직전임을 스스로 느낄 수 있었죠. '이건 아니다' 싶은 생각이 들던 찰나 남편이 정곡을 찔렀습니다.

"뭐 하느라 그렇게 바빠? 매일 어딜 그렇게 가?"

남편의 말에 벌컥 화가 났습니다. 학창 시절, 간만에 방 청소를 하려고 마음먹었는데 '방 청소 좀 해!'라는 말을 들었을 때와 비슷한 기분이었죠.

스스로 '이건 아니다' 싶은 생각이 들던 찰나에 누군가가 충고한다면, 당신은 어떤가요? 화가 나거나 서운하지 않나요? 특히 가족에겐 서운한 마음이 더합니다. 좋은 엄마가 되려고 노력하는 건데 그 마음을 몰라주는 것 같아 속상합니다. 노트를 펴고 서운한 감정을 적다 보니 제가 놓치고 있던 것들이 보였습니다.

둘째가 일주일째 조르고 있는 보드게임, 부모님께 안부 전화한 지가 언제더라?, 텅 빈 냉장고, 며칠째 외식···.

아이들에게 좀 더 나은 엄마가 되고 싶다는 생각은 핑계였습니다. 타인에게 '잘한다, 대단하다, 멋지다'라는 말을 들을수록 가족에게 소홀했습니다. 가족이 나를 필요로 한다는 걸 알면서도 나의 성장이 더 좋았던 거죠.

남편의 충고(?)를 들은 다음 날, 둘째와 원 없이 보드게임을 하고 부모님께 안부 전화를 하고 반찬을 만들었습니다. 제자리로 돌아오니 답답한 속옷을 벗어 던진 것처럼 몸과 마음이 편했습니다.

결국엔 집안일과 육아, 가족의 안부가 가장 중요하다고 말하는 게 아닙니다. 남들에게 인정받으려고 노력하는 삶이 아닌, 내 마음이 편한 방향을 찾아야 한다는 겁니다.

리플리 증후군

허구의 세계를 만들어 놓고 그 세계에 살며 거짓된 말과 행동을 일삼는 것을 리플리 증후군이라고 합니다. 나중에는 원래의 내가 나인지 만들어진 내가 나인지도 구분하기 힘들어집니다. 그렇게 되기 전에 스스로 돌아봐야 합니다. 지금 놓치고 있는 건 무엇인지 살펴봐야 합니다.

인스타에 보란 듯이 삶을 전시하는 게 나쁜 게 아닙니다. 집안일과 육아에 가치를 두는 삶이 초라한 게 아닙니다. 뭐가 됐든 '진짜 나'와 '가짜 나'를 구분할 수 있으면 됩니다.

노트를 펴고 적어보세요. '진짜 나'와 '가짜 나'를 찾아보았으면 합니다.

노트를 펴고 적어보세요. '진짜 나'와 '가짜 나'를 찾아보았으면 합니다.

… 내가 놓치고 있는 것은 무엇인가요?

… 내가 만든 허구의 세계는 무엇인가요?

… 내가 찾은 '진짜 나'는 어떤 사람인가요?

: 할 수 있을 거라는 착각

확언

얼마 전부터 독서지도사 자격증을 준비하고 있습니다. 밤 10시엔 온라인 강의를 들어야 하는데 아이들이 협조를 안 해줍니다. 오늘따라 잘 생각이 없는 아이들을 어르고 달래고 협박하다가 결국엔 한바탕 울린 후에야 재웠습니다. 하루도 조용할 날이 없습니다.

잠든 아이들을 보며 후회와 미안한 감정이 교차하다가 서러운 마음도 들었습니다. 매일 늦는 남편이 원망스러웠습니다. 하루쯤은 일찍 들어와서 애들 좀 봐주면 좋을 텐데. 언제까지 독박육아에 시달려야 하는지, 나도 내 삶을 살며 사회구성원으로 일하고 싶은데….
생각이 많아졌습니다. 그날 퇴근하고 돌아온 남편을 불러 이야기했
습니다.

"일주일에 하루만이라도 일찍 올 수는 없어?"
"나도 그러고 싶은데, 현장 사정 알잖아."
"골프 치러 갈 때는 일찍 퇴근하잖아."
"그건 비즈니스니까 어쩔 수 없지. 미안."

미안하다는 말에 더 화가 났습니다. '미안하긴 하지만 앞으로도
계속 부탁한다'라는 소리로 들렸거든요.

"나도 뭐 좀 배우고 싶어. 날 위해 공부하고 싶어! 돈도 벌고 싶
고!"
"누가 돈 벌어 오랬어? 애 키우면서 하고 싶은 거 하면 되잖아. 나
가서 돈 벌 거면 400만 원 이상은 벌어와."

'400만 원'이라는 말에 말문이 막혔습니다. 400만 원은커녕 당장

사회에 나가면 최저임금도 벌지 못하는 현실이라는 걸 알았거든요. 자존심 상하고 슬펐습니다. 애들 돌보면서 하고 싶은 거 하는 게 왜 이리 힘든 걸까요?

노트를 펴고 독서지도사가 되려는 이유를 적어봤습니다. 오랫동안 손이 움직이지 않았습니다. 자격증을 따려는 이유는 많았지만, 그걸로 뭘 하겠다는 확신이 없었습니다. 취업이 된다는 보장도 없었고요.

나에게 주문을 걸다

육아와 살림이 지겨웠던 건 아닐까? 일상에 새로움이 필요했던 건 아닐까? 생각이 깊어질수록 저도 몰랐던 것들이 보였습니다. 당장 일상이 힘들어서 벗어날 궁리만 했을 뿐, 정확한 목표도 현실감각도 없었던 거죠.

'확언'이라는 말이 붐처럼 일던 때가 있었습니다. 내가 믿고 싶은 것을 주문처럼 꾸준히 적는 것, 기록으로 남겨 구체적인 결과를 가져오는 것을 확언이라고 합니다. 저도 확언의 힘을 느끼고 싶어서 매일 5가지씩 꾸준히 적었습니다.

1 나는 천천히 하고 싶은 일을 찾는다.

2 나는 5년 안에 취업한다.

3 나는 독서지도사가 되어 월 200만 원을 번다.

4 나는 가정과 일의 균형을 맞추며 산다.

하지만 시간이 흐를수록 저의 확언은 이루어질 것 같지 않았습니다. 의심만 들었죠. 제가 적어놓은 글을 보면 명확하지도 구체적이지도 않았습니다. '천천히, 5년 안, 독서지도사로 월 200만 원 벌기'라는 아득한 이야기가 오히려 현실과 동떨어져서 힘 빠지게 했습니다. 현재, 일주일, 한 달, 1년, 5년을 목표로 할 수 있는 계획을 다시 세워야겠다고 생각했습니다.

지금 책 1시간씩 읽기

일주일 자격증 강의 2회 듣기

한 달 강의 모두 다 듣기

1년 독서지도사 관련 재능 기부하기

2년 경험에 근거한 나만의 독서법 만들기

3년 독서법 콘텐츠로 월 100만 원 수익 내기

4년 콘텐츠 안정화로 월 200만 원 수익 내기

5년 팬층 확보하기. 글쓰기 콘텐츠 계발로 월 300만 원 수익 내기

매달 작은 범위로 할 수 있는 일을 적고 보니 안정감이 느껴졌습니다.

당신도 혹시 아득한 이야기를 목표 삼고 있지 않나요? 적으며 정리해 보면 좋겠습니다. 하고 싶은 게 없거나 떠오르지 않는다면 자신에게 끊임없이 물어보세요. 하고 싶은 게 없는 건지, 정확히 모르는 건지 말입니다. 스스로 알지 못한 채 '경력단절'이라는 단어만 보며 슬퍼하지 않았으면 좋겠습니다.

지금 할 수 있는 것, 딱 하나

우리는 나 자신을 쉽게 바꿀 수 있다고 생각합니다. 이 생각이 비현실적으로 높은 목표를 설정합니다. 나이는 들고 시간이 촉박하다는 생각에 마음이 조급해지는 거죠. 조급하게 세운 목표를 위해 노력하는데 주위에서 방해만 하는 것 같아서 못마땅한 생각이 듭니다. 하루 빨리 나를 찾아야 하는데 스트레스만 쌓이고 소중한 일상이 점점 버거워집니다. 악순환이 반복되는 거죠.

나를 찾고 싶다면 먼저 내가 원하는 게 헛된 희망인지 현재에 근거한 계획인지 적으면서 명료화하는 작업을 해야 합니다. 그래야 현실적으로 가까워질 수 있으니까요. 목표를 이루는 것과 육아는 비슷한 면이 있습니다. 하루아침에 이루어지지 않죠. 시간이 약이라는 말이 있듯, 정확한 목적을 가지고 현재에 할 수 있는 것들을 딱 하나씩만 해보세요.

하고 싶은 게 없다면, 자신에게 물어보세요. 하고 싶은 게 없는 건지,

정확하게 모르는 건지 말입니다.

… 자기 확언 5가지를 써보세요.

… 내가 쓴 확언은 헛된 꿈인가요? 명확한 계획인가요?

… 목표 달성을 위해 지금 당장 할 수 있는 건 무엇인가요?

: 균형 잡힌 배는 침몰하지 않는다

뭣이 중헌디!

색종이를 가지고 놀던 둘째가 저를 찾습니다.

"엄마, 가위로 오려서 테이프 붙여주는 것까지만 해주세요."

둘째의 말에 반사적으로 시계부터 봤습니다. 30분 후면 온라인 모
임이 시작될 예정이라 마음이 조급해졌습니다. 색종이를 대충 오리
고 스카치테이프를 대강 잘라 붙여주니 그게 아니라며 얼굴을 찌푸
렸습니다.

"엄마 공부 끝나고 해줄게. 10시 30분이면 끝나니까 혼자서 하고 있어. 알았지?"

그날따라 모임이 길어졌습니다. 제가 진행자여서 중간에 빠질 수도 없었습니다. 10시 30분이 지나자 둘째가 방문을 열고 언제 끝나는지 물었습니다. '잠깐만'이 30분을 넘기고 11시가 훌쩍 넘어서야 모임이 끝났습니다. 거실로 나와 보니 둘째는 잠들어있고, 완성하지 못한 작품들이 널브러져 있었습니다. 아이를 보자 짠하고 미안한 마음이 들어 속상했습니다.

피곤해서 눕고 싶었지만, 영상까지 찾아보며 아이가 만들려던 작품을 완성했습니다. '내일 이걸 보면 좋아하겠지?' 내심 기대됐습니다.

"이거 아닌데. 잘못 만들었어요. 이게 뭐예요. 안 가져요."

다음 날 아침, 뾰로통한 둘째의 반응에 심기가 불편해졌습니다. 이런 소리나 들으려고 늦게까지 노력한 건가? 벌컥 화가 나서 '그럼 갖지 말라'며 쓰레기통에 던져버렸습니다. 네, 그날 아침에도 둘째는 울면서 밥을 먹었습니다.

균형 잡힌 배는 가라앉지 않는다

이 일의 시발점은 밤마다 모임에 참석하는 제가 스스로 못마땅해서 시작된 일입니다. 매일 밤 방문을 닫고, 자기 계발이란 명목으로 아이가 저를 필요로 할 때 같이 있어 주지 못한다는 미안함에 시작된 일이죠. 아이도 봐야 하고 저도 성장하고 싶은데 뭐 하나 완벽히 해내는 건 없습니다. 하고도 욕먹고, 안 하느니만 못한 상황이 반복되자 슬슬 조급해졌습니다. 조급함은 불안을 가져옵니다. 나만 뒤처지는 것 같아 또 강박적으로 책을 읽고 강의를 신청하고 모임을 찾습니다. 육아는 뒷전으로 밀렸다가 오늘은 일순위가 됐다가 다시 뒷전으로 밀립니다. 침몰 직전의 배처럼 휘청휘청 위태롭습니다. 이럴 땐 균형 맞추기가 필요합니다. 노트를 펴고 무엇을 줄이고 무엇을 늘릴지 적어보았습니다.

우선 순위 1. 아이들 키우기, 2. 내 경력 쌓기, 3. 경제적 독립

잘 키우든 못 키우든 저의 우선순위는 '육아'였습니다. 거기에 경력단절에서 벗어나려는 욕망이 추가되어 균열이 일어났던 거죠. 마음은 아이들을 돌보고 있는데 행동은 밤낮 자기 계발을 하고 있으니 마음도 불편하고 어느 것 하나 제대로 집중할 수 없었던 겁니다.

이럴 땐 보통 둘 중 하나를 포기하라고 말합니다. 하지만 제 생각은 조금 다릅니다. 무엇 하나 포기하지 않고 욕심을 줄이면 균형을 맞출 수 있습니다. 포기하기 전에 정리부터 해야 합니다.

미니멀 플랜

노트를 펴고 두 개의 칸을 그려보세요. 왼쪽 칸에 해야 하는 일, 하고 싶은 일을 생각나는 대로 다 적어봅니다. 일주일 동안 해야 할 일이어도 좋고, 오늘 안에 끝내야 하는 일이어도 괜찮습

니다. 다 적으셨나요?

이제는 그 일들에 우선순위를 부여해 봅니다. 우선순위 5개를 정해 오른쪽 칸에 적어놓고 그 일을 먼저 처리하며 하루를 보내는 겁니다. 중요한 건 갑작스러운 변수가 생겨서 해야 할 일들을 못 해도 자책하지 않아야 합니다. 내일 하면 되니까요. 그렇게 일주일만 적으면 보일 겁니다. 욕심만 앞서고 막상 하지 않는 일들은 무엇인지, 불필요한 일에 집착하고 있지 않은지, 무엇에 집중해야 하는지, 뭘 줄이고 뭘 더 신경 써야 하는지 말입니다.

할 일	우선 순위
독서 모임, 장보기, 세탁물 맡기기 아이 치과 가기, 공과금 내기	1. 아이 치과 가기 2. 공과금 내기 3. 독서 모임 4. 장보기

자기만의 루틴이 생기면 도움을 받아야 균형을 맞출 수 있는 일들이 보입니다. 공과금 내기, 세탁물 맡기기 쯤이야 혼자서 쉽게 할 수 있지만, 독서 모임에 참여해야 하는데 아이들 봐 줄 사람이 없다면 계획은 틀어질 겁니다. 계획이 틀어졌다고 상심해서 포기부터 하면

안 됩니다. 포기 대신 균형을 잡을 방법을 찾아야 합니다. 남편에게 일찍 들어오라고 말을 하거나, 아이들 스스로 시간을 보낼 수 있도록 준비시켜야 합니다.

집에서 빨래하고 밥만 해주던 엄마가 어느 날 갑자기 공부한다고 집중하는 모습을 보이면 아이들은 어떨까요? 처음엔 낯설고 익숙하지 않을 겁니다. 처음이 힘들지 적응하면 괜찮습니다. 5분에 한 번씩 방문을 열고 '엄마 언제 끝나?'라고 묻던 아이들도 엄마의 루틴을 알게 되면 서서히 익숙해질 것입니다. 엄마가 공부하는 시간을 방해하지 않고, 시간이 지나면 스스로 잠자리에 들 수도 있습니다.

도움이 필요한 변화는 모두 함께 적응해야 합니다. 혼자서 애쓰지 말고 엄마의 포부와 꿈, 앞으로의 계획 등을 포기하지 말고 가족에게 말해주세요.

엄마의 포부와 꿈, 앞으로의 계획 등을 포기하지 말고 가족에게 말
해주세요.

··· 내 삶의 우선순위를 적어보세요.

··· 나의 성장을 방해하는 것은 무엇인가요?

··· 열정적으로 꾸준히 하고 있는 일이 있나요? 무엇인가요?

: 한 번쯤 기회는 온다

분노를 기록하다

제가 글을 쓰기 시작한 이유는 '가족에게 미친 짓을 그만하고 싶어서'였습니다. 제 안에 쌓인 불만을 가족에게 풀고 후회와 반성을 반복했습니다. 아이들 울음소리가 끊일 날이 없었고, 아이들이 울면 더 크게 화를 냈죠. 저뿐만 아니라 제 주변도 병들고 있었습니다. 더는 안 되겠다는 생각에 분노를 말하는 대신 노트에 적었습니다. 글 쓰는 게 신나고 재능 있어서가 아니라 전업주부였던 제가 할 수 있는 게 없었습니다. 외출이 쉬운 것도 아니고 집에서 드라마 한 편 보는 것도 마음먹어야 가능한 일이었습니다. 시야 안에 아이들을 두고 식탁에 앉아 메모지에 끄적이던 게 습관이 되었습니다. 불만도 쓰고 반성도 쓰고 편지도 쓰고 뭐든 적다 보면 마음이 좀 나아지는 것 같았습니다.

그렇게 시작된 글쓰기가 점점 확장됐습니다. 저만의 체계와 양식도 생겼습니다. 꾸준히 쓰다 보니 삶은 변하지 않았지만, 삶을 대하는 태도가 바뀌었다는 것도 느껴졌습니다.

열정과 운이 만나면

꾸준히 쓰다 보니 일상의 모든 것이 자료가 되기 시작했습니다. 내 마음 좀 다스려보겠다고 시작한 글쓰기가 제 삶의 폭을 넓혀주는 기분이었습니다. 끄적임으로 시작된 글쓰기는 책 쓰기가 되었고 저를 작가로 만들어주었습니다. 작가에서 강사로 강사에서 기획자로, 1인 기업 대표로, 콘텐츠 개발자로…. 생각지도 못한 길로 인생이 흘러가고 있었습니다. 큰돈은 아니지만 듣고 싶은 강의를 신청하거나 읽고 싶은 책을 살 정도의 수익도 생겼습니다. 작가, 강사, 1인 기업가⋯ 이런 수식어를 얻는 데 오랜 시간이 걸렸지만, 묵묵히 글을 쓰니 열정과 운이 만났다는 생각이 들었습니다.

돈은 '자기에 대한 열정'과 '운'이 만나는 지점에 붙는다고 합니다. 운은 마음대로 할 수 없지만, 열정은 마음대로 할 수 있습니다. 흔히 열정만 있으면 안 된다고 말합니다. 열심히만 하는 게 소용없는 시대라고 합니다. 네, 맞습니다. 열정이 운과 만나려면 '잘하면서 열심히' 해야 합니다. 알지만 어렵습니다. 주부인 제가 할 수 있었던 건 매일 묵묵히 쓰는 것뿐이었습니다. 열정과 열심의 기준은 저마다 다릅니다. 매일 한바닥씩 깜지처럼 글을 쓰지 않으면 열심히 하지 않는 걸까요? 글쓰기에만 집중하지 않고 육아와 병행하는 게 열정이 없어서일까요? 전 아니라고 생각합니다. 각자의 위치에서 저마다의 상황에 맞춰 반복하는 게 중요하다고 생각해요.

선을 긋고 나를 공개한다

글쓰기의 최대 장점은 나도 몰랐던 나를 알 수 있다는

것입니다. 스스로 성찰하며 치유하고 성장할 수 있죠. 제가 이 책에서 말하고 싶은 것도 글쓰기를 통한 성찰과 치유, 성장입니다.

수익화는 그다음 일입니다. 저는 열정과 운이 만나 글쓰기가 수익화로 이어졌지만, 이 부분을 크게 강조하고 싶지는 않습니다. 우와! 할 정도로 큰돈을 벌지도 못하고, 돈보다는 제 내면이 성장했다는 것에 더 큰 가치를 두고 있기 때문이죠. 그럼에도 글쓰기 수익화를 궁금해하는 분들이 계실 것 같아 저만의 방법을 알려드리고자 합니다.

글쓰기를 수익화하려면 잘 쓴 글이든 못 쓴 글이든 일단 공개해야 합니다. 저는 SNS에 제 일상과 글쓰기 콘텐츠를 공개하면서 고민이 많았습니다. 나를 드러내는 게 부끄럽고 불편했습니다. '이렇게까지 해야 하나? 어디까지 보여주고 드러내야 할까?' 내적 갈등이 커졌습니다. 어디까지 공개할 것인지 '선'을 정해야 했습니다. '선 긋기'. 결국엔 나를 공개하는 일이라 큰 다짐이 필요합니다. 내가 쓴 글이 비난의 대상이 될 수도, 내가 미움의 대상이 될 수도 있기 때문이죠. 저는 스스로 최면을 걸기로 했습니다.

'이 글 안엔 내가 없다.'

글 속 생각과 느낌은 '나'가 아닙니다. 단지 생각일 뿐이고 생각은 그때그때 바뀌고 느껴지는 감정 이상도 이하도 아니라고 정리했습니다. 현실의 나와 글을 쓸 때의 나를 구분하기로 했습니다. 일종의 '부캐'를 만든 셈입니다. 그러자 마음의 부담이 조금 줄었습니다.

부작용

나를 공개한 후 잃은 것보다 얻은 게 더 많은 건 사실입니다. 좋은 경험과 사람들을 만날 수 있었거든요. 이 행복이 지속되었다면 좋았겠지만 '마음의 부담'이라는 부작용도 찾아왔습니다. 좋은 일이 찾아오자 더 잘해야겠다는 생각이 들었습니다. 부담이 커지니 쓰기의 즐거움, 가벼운 마음이 사라지고 좋아하던 '것'이 '일'이 되었습니다. 즐기지 못하는 저를 만났습니다.

설상가상 강의도 들어오지 않고 모임 모집도 되지 않았습니다. 아무도 저를 찾지 않았습니다. 좋은 일은 언제나 네 편이 아니니 항상 겸손하라고 충고하는 듯했죠.

　누구도 시키지 않았지만 사람들을 먼저 찾아 나섰습니다. 어린이집, 유치원 메일주소를 모으고 교육청 홈페이지에서 담당자 연락처와 메일 주소를 목록화했습니다. 하루에 10통씩 이메일을 보내고, 이력서와 강의 홍보물을 프린트해 우편으로도 보냈습니다. 아무도 나를 찾아주지 않을 때, 먼저 찾아갔습니다. 공대 나온 낯가리는 여자가 많이도 변했다는 걸 확인하는 순간이었습니다.

나의 무기를 찾아라

　힘들 때 무작정 적었던 것이 저만의 무기가 되었습니다. 당신만의 무기는 무엇인가요? 무엇이 당신의 무기가 되면 좋을까요? 한 번쯤 생각해보면 좋겠습니다. 잘 모르겠다면 상상하지 말고 관찰하세요. 어렴풋이 아는 것과 관찰 후 적으며 정리한 것은 다릅니다. 관찰하려면 적어야 합니다. 적으면 보이니까요.

　당신 안에 내재한 욕망과 목표, 간절함이 상상에 머물러 있다면 계속 쓰는 작업을 해보면 좋겠습니다. 시간이 오래 걸리더라도 묵묵히 내가 나를 도우면 운과 열정이 만나는 날이 올 것입니다.

시간이 오래 걸리더라도 묵묵히 내가 나를 도우면 운과 열정이 만나는 날이 올 것입니다.

… 공개할 수 있는 나와 공개할 수 없는 나를 구분해 보세요.

… 나의 부캐를 구체화해보세요. 어떤 모습을 하고 있나요?

… 내가 가진 무기는 무엇인가요?

: 유명해지기로 했다

나도 강남스타일

27년을 '홍보라'로만 살다가 결혼 후 아내, 엄마로 역할을 바꾼 지 14년이 되었습니다. 41년 인생에 14년. 사회생활 14년차가 되면 과장~차장 정도가 될 테죠. 육아나 살림도 그쯤 하면 적당히 알고 적당히 모르고 적당히 외면할 줄 아는 '짬바'가 생겨야 하는데, 왜 저는 늘 멈춰있는 느낌이었을까요.

육아만으로는 충족할 수 없는 성장 욕구 때문에 밖으로 돌며 마음의 안식처를 찾았습니다. 책을 읽고 글을 끄적이다가 독서 모임에도 참여했습니다. 정말 오랜만에 '새로운' 사람을 만나니 모처럼 활기가 돌았습니다. 어떤 사람과 있느냐에 따라 목소리와 표정, 태도가 바뀌는 저를 느낄 수 있었죠. 친구 따라 강남 간다는 말처럼, 제 곁에 좋은 사람들이 많이 생기면 제 인생에도 긍정적인 변화가 올 거로 믿었습니다.

빈 수레가 요란하다

사람을 많이 만나고 싶었지만 어디에서 어떻게 만나야 할지 몰랐습니다. 그렇다고 독서 모임 개수를 늘리거나, 새로운 취미를 찾아 여기저기 기웃댈 수도 없었죠. 가만히 앉아 누가 나 좀 불러주기만을 기다리다가 점점 의기소침해졌습니다.

일주일에 한 번 독서 모임에 참여했는데, 사람들 대화에서 특징을 발견할 수 있었습니다. '이 사람이 ~하는 사람인데', '이 사람이 이번에 ~했는데…' 사람들 입에 오르내리는 인물은 좋든 나쁘든 '유명'하다는 점이었죠.

사람들이 나를 찾게 하려면 내가 유명해지는 방법밖에 없다고 생각했습니다. 브랜딩이 뭔지도 모르면서 브랜딩 책을 빌려다 읽고, 콘텐츠의 ㅋ도 모르면서 관련 강의를 찾아 들었습니다. 좋다는 건 다 했습니다.

블로그 방문자 수에 집착했고, 인스타그램 팔로워 수를 늘리려고 노력했습니다. 변기에 앉아서, 아이 숙제를 봐주다가, 청소기를 돌리다가도 인스타그램 앱을 열고 팔로잉을 눌러 댔습니다. 점점 SNS 중독자가 되어갔습니다.

효과가 아주 없는 건 아니었어요. 미미하게나마 블로그 이웃과 팔로워가 늘었지만 '형식적인 맞팔' 관계이거나 저와 결이 다른 사람이 많다는 게 문제였습니다. SNS에 시간을 쓰니 집중해야 할 것들을 점점 놓쳤습니다. 그런 식으로 얻은 인연들이 제 인생에 긍정적인 변화를 가져올 것 같지 않았습니다.

늪에 빠졌을 땐 가만히 있자

사람을 모으려면 눈과 귀를 사로잡을 만한 일관된 콘텐츠가 있어야 합니다. 그게 무엇인지 알 수 없었습니다. 그때의 이슈나 상황을 찍어 게시했습니다. 아이들 사진도 있고, 밥상을 보여주기도 하고, 길거리의 고양이를 찍어 올리기도 했죠. 게시물은 많았지만 취향도 컨셉도 없었습니다. 얼마 안 가 이 방법은 아니라는 생각이 들었습니다.

사람들과 함께 하고, 나누고 싶었습니다. 유명해지고 싶었습니다. 유명해지고 싶은 마음은 굴뚝같은데 할 수 있는 게 없어서 답답했습니다. 노트를 펴고 저만의 콘텐츠로 만들 만한 것을 적어보았습니다.

꾸준히 '해야' 하는 것 육아, 살림

꾸준히 '할 수' 있는 것 육아, 살림, 독서, 글쓰기, 운동?

내가 '하고 싶은 것'보다 꾸준히 '해야 하는 것'을 먼저 생각해봤습니다. 어차피 해야 할 일이니 좋든 싫든 할 수밖에 없고, 그중 하나를 꾸준히 미는 게 수월할 거라는 생각이 들었습니다. 역시나 육아와 독서, 글쓰기밖에 없었습니다. '맹모' 컨셉을 잡는 것도 코미디여서 늘 하던 독서와 글쓰기를 꾸준히 하기로 했습니다.

바위를 뚫는 낙숫물처럼

일상이 달라진 건 아니었습니다. 평소처럼 책을 읽고 글을 끄적이고 내면을 정리했습니다. 아주 느리게 천천히 할 수밖에 없었습니다. 뭐 좀 할라치면 엄마를 찾아대는 아이들과 집안일이 우선일 수밖에 없었으니까요. 어쩔 수 없는 현실은 받아들이고 그 안에서 방법을 찾아야 했습니다.

꾸준히 책 읽고 글 쓰는 모습을 공개했습니다. 게시물 올리는 횟수는 줄었지만, 내용은 점점 일관화되는 게 느껴졌습니다. 그러다 보니 같은 관심사를 가진 이웃도 서서히 늘었습니다. 결이 다른 10명보다 취향이 같은 한 명이 더 힘이 된다는 사실을 그때 깨달았죠.

매일 한두 줄씩 꾸준히 쓰다 보니 제게 남은 건 손때 묻은 노트가 전부였습니다. 이걸 처박아두면 개인의 추억 또는 흑역사가 담긴 '불태워야 할 물건'이 되겠지만, 저는 이걸 책으로 엮었습니다. 집안에서 소소하게 글을 쓰던 평범한 주부는 책이 나오자 '작가'가 되었습니다. 유명한 강의를 모조리 찾아 듣고도 실패했던 '브랜딩'을 스스로 해낸 거죠.

하면 된다? NO! 하다 보면 된다!

결국은 지겹도록 묵묵히 하는 수밖에 없습니다(계속 '묵묵히'라고 말해서 미안하지만 사실입니다). 느리더라도 하다 보면 결과가 나옵니다. 우리는 느리게 갈 수밖에 없습니다. 조급하면 가정과 내 삶의 균형을 맞추기 어렵습니다.

유명해지고 싶으세요? '유명'까지는 아니라도 취향이 맞는 사람을 만나고 싶으세요? 당신의 진짜 모습을 보여주면 됩니다. 그럴듯한 콘텐츠를 애써 찾지 마세요. 당신이 매일 하는 것, 꾸준히 해야 할 일을 적어보세요. 그중에서 꾸준히 할 수 있는 것을 고르세요. 그게 가장 자연스러운 당신의 모습입니다.

그럴듯한 콘텐츠를 애써 찾지 마세요. 당신이 매일 하는 것, 꾸준히 해야 할 일을 적어보세요.

… 내가 매일 해야만 하는 일은 무엇인가요?

… 해야 할 일 중 꾸준히 할 수 있는 일은 무엇인가요?

: 틀과 울타리는 다르다

1인 기업가가 된 전업주부

'주부가 아니었으면 지금의 조희선은 없었을 것이다.'

고리 달린 고무장갑을 처음으로 선보인 조희선 대표가 한 말입니다. 10년 차 주부였던 그녀는 '바이 조희선'을 만들고 주부에서 기업의 대표가 되었습니다. '주부였기에 1인 기업가가 될 수 있었다'는 그녀의 말이 인상적이었습니다. 제 생각은 반대였거든요.

저희 집엔 사업하는 사람이 없습니다. 신랑도 회사원이고 양가 부모님도 평범한 일을 하셨습니다. 그걸 보고 자란 저는 '사업가'는 대단한 것, 아무나 할 수 없는 것으로 생각했죠.

제 몸 하나를 무기로 이곳저곳 다니며 강의할 때였습니다. 한 어린이집에서 영수증을 요청했는데 소속이 없던 터라 당황스러웠습니다. 급히 다이소에 가서 간이영수증과 인주를 샀습니다. 자필로 금액을 적고 도장 대신 지장을 찍은 영수증을 사진으로 찍어 어린이집에 보냈습니다. 창피한 마음이 들었습니다. 다른 곳에서도 마찬가지였습니다. 도서관 강의를 나갈 때였는데, 강사마다 강의료가 달랐습니다. 인지도나 경력에 따른 차이라고 생각했는데, 알고 보니 일반 작가와 기업의 대표는 강사료 측정 기준이 달랐습니다.

그때 깨달았습니다. 새로운 도전을 해야 할 때가 왔다고.

내가 나를 만든다

법원이나 세무서, 경찰서 근처만 가도 큰일 나는 줄 아는 아줌마. 무뚝뚝한 딸이자 한때는 학생, 한때는 회사원, 평범한 엄마, 아내로 살던 제가 1인 기업을 만들기로 했습니다. 그리고 2019

년 4월 12일 〈The나다움〉의 대표가 되었습니다.

괜한 짓을 하는 건 아닐까, 버는 것보다 세금으로 내는 돈이 더 많아지는 건 아닐까 불안했습니다. 사업자로 쓸 이름을 고민하다가도 지금이라도 관둘까 흔들렸습니다. 불안한 감정을 하나하나 적으며 위로하다가 '왜'라는 단어에 초점을 맞춰보기로 했습니다. 왜 이걸 하려는지 명분이 필요했습니다.

굳이 사업자까지? 왜?

나를 높이기 위해, 나를 지키기 위한 울타리, 책임감과 전문성을 높이려고, 포기하지 않기 위해

쓰고 나니 보였습니다. 거창한 걸 기대하는 게 아니라 나를 위한 장치가 필요하다는 것을요. 내가 떳떳해질 수 있는 장치, 도중에 포기하지 않게 만들 장치가 1인 기업 대표라고 생각했습니다. 처음 1년은 세금 한 푼 안 나올 정도로 수익이 없었지만, 주위에서 저를 대할 때, 기관에서 저를 부를 때 달라진 태도를 느낄 수 있었습니다. 내가 나를 지켜야 타인도 나를 존중한다는 것을 깨달았죠.

기업이라 해서, 대표라고 해서 매년 수십억대의 매출을 올려야 하는 건 아닙니다. 저 또한 말이 좋아 '대표'이지 최저임금도 못 버는 달이 있습니다. 그럴 때마다 자괴감이 들지만 그럼에도 나를 지켜줄 울타리이니 잘 버티고 지켜내야겠다고 생각합니다.

스스로 만든 울타리는 저를 안정적으로 만들어주었습니다. 제가 '안정화'되니 가족들에게 화내는 일도 줄었습니다.

당신을 지키는 울타리는 무엇인가요? 육아? 건강? 돈? 직업? 스스로 물어보세요. 힘들거나 지칠 때 들어가서 쉴 수 있는 울타리 하나쯤 만들어보세요.

당신을 지키는 울타리는 무엇인가요? 힘들거나 지칠 때 들어가서 쉴 수 있는 울타리 하나쯤 만들어보세요.

… 나를 돕고 싶은 이유는 무엇인가요?

… 새로운 도전이 필요하다고 느끼는 순간은 언제인가요?

… 나를 지킬 수 있는 울타리 무엇일까요?

: 오래 가려면 함께 가라

쌍용동 투머치토커

강의를 막 시작한 시절엔 한 명이라도 더 모객하려고 애썼습니다. 저를 찾아오는 대부분 사람은 '엄마'라는 역할 안에서 '나'를 찾고 싶어 하는 분들이었습니다. 저는 투머치토커가 되어 제 경험이 진리인 것처럼 그들에게 조언했습니다. 같은 수학 문제를 받아도 풀어내는 방식은 저마다 다른데 저에게 맞는 방법과 생각만 강요했던 거죠.

제 조언을 귀담아듣는 수강생과 감정적으로 가까워지는 것도 좋았습니다. 내 편이 생긴 것 같고, 마음을 '교류'하는 느낌이 오랜만이라 너무 신났죠. 점점 공과 사를 구별 못하고 중심을 잃었습니다. 균열이 생기는 건 당연했어요.

님아, 그 선을 넘지 마오

오랫동안 애써 잡아놓은 제 중심이 타인의 말에 흔들리기 시작했습니다. 감정을 교류하는 건 좋은 일이지만, 누군가에게 일방적으로 끌려가는 건 서로에게 독이 됩니다.

예를 하나 들어볼까요? 정리정돈이 취미인 사람은 물건을 정리하며 마음의 안정을 느낍니다. 반면, 완벽한 정리정돈을 결벽이라 느끼며 오히려 불안해지는 사람이 분명 있겠죠. 그 둘이 만나 각자의 생각을 강조하다 보면 서로에게 '이상한' 사람이 되는 건 시간문제입니다. 제아무리 자기에게 긍정적인 방법이라 한들 타인에게 안 맞으면 고통일 수밖에 없습니다.

뭔가 단단히 잘못됐음을 느낀 저는 하던 프로젝트를 멈췄습니다. 모임을 끊고 '관계 비우기'를 시작했습니다. 관계를 비우랬다고 집안에서 은둔하라는 의미가 아닙니다. 나에게 맞지 않는 것을 비워내고 내가 중심으로 삼는 것을 새로 채워 넣자는 뜻입니다. 그래야 '나'부터 바로 설 수 있으니까요.

버려야 가질 수 있다

　좋은 관계는 서로의 욕구가 같을 때, 적당한 거리를 유지해야만 오래 갈 수 있습니다. 오래 가려면 함께 가야 합니다. 참 어렵습니다. 오랫동안 함께 갈 사람은 목적지가 같아야 합니다. 걷는 속도와 물 마시는 타이밍은 조금 달라도 됩니다. 나의 중심이 바로 서면 그런 차이쯤은 받아들일 수 있습니다.

　중요한 건 '맞춰주는 것'과 '차이를 받아들이는 것'을 구분할 줄 알아야 합니다. 이건 남이 해결해 줄 수 있는 문제가 아닙니다. 스스로 기준을 세우고 정리해야 합니다. 자기만의 기준이 있으면 남의 말에 흔들리지 않습니다.

책 읽는 게 좋아 독서 모임에 참여 중인데, 뭔가 충족되지 않는 느낌인가요? 모임을 잠시 중단해보세요. 모든 걸 비운 상태에서 스스로 생각해보세요. 책 읽는 게 좋은 건지, 책을 쓰고 싶은 건지, 단지 만날 사람이 필요한 건지 구분해보세요. 자신만의 기준을 먼저 세우고 다시 관계를 채워보세요. 오랫동안 함께 갈 사람이 자연스럽게 나타날 테니까요.

자신만의 기준을 먼저 세우고 다시 관계를 채워보세요. 오랫동안 함께 갈 사람이 자연스럽게 나타날 테니까요.

··· 요즘 자주 만나는 사람 3명만 적어보세요.

··· 서로에게 긍정적인 영향을 주는 관계인가요?

··· 좋은 관계란 어떤 관계일까요?

： 성공의 기준은 내가 정한다

나의 기도는 나만 들어줄 수 있다

저는 종교가 없습니다. 종교가 없으니 뭘 믿거나 따르지도 않습니다. 가끔 노트를 반대로 넘겨 예전에 제가 써놓은 글을 다시 읽어보곤 합니다. 어떤 날은 세상이 무너진 듯 괴로워했다가 어떤 날은 세상을 손에 쥔 듯 행복해합니다. 기복이 심합니다. 원하는 건 왜 그리 많고, 후회와 반성은 습관처럼 하면서 좀처럼 나아지진 않는지 의문입니다. 제가 써 놓은 글을 읽다 보니 문득 기도문 같다는 생각이 들었습니다. 내가 나에게 하는 기도, 누구도 해결할 수 없고 오직 나만 해결할 수 있는 문제를 잔뜩 적어놓은 기도문.

'성공'하고 싶다는 욕구에 사로잡혔던 적이 있었습니다. 내 삶이 성공과 멀어지고 있다는 생각이 들수록 '성공'이라는 단어에 집착했습니다. 1년에 수십억을 버는 청년 재벌이나 경단녀에서 기업가로 변신해 미디어에 얼굴을 비추는 사람을 보면 '성공한 인생'이라고 생각했습니다.

내 성공은 내가 정한다

트로트 열풍이 한참일 때 가수 나태주 씨가 세바시에 나온 적이 있습니다. 경연대회 1등이 목표였던 그는 14등을 하고도 '성공한' 무대였다고 말했습니다. 목표는 달성하지 못했지만, 후회 없이 무대를 즐겼으니 그걸로 성공한 거라면서요. 그가 정한 성공의 기준은 숫자 1이 아니라, 별 탈 없이 무대를 마치는 것이었습니다.

그 말을 듣고 '성공'의 기준을 정하는 시각이 바뀌었습니다. 딸, 며느리, 강사, 엄마, 아내 등 일인다역을 하는 저인데, 제가 생각하는 '성공'의 기준이 너무 편협했다는 생각이 들었습니다. 노트를 펴고 제가 가진 역할마다의 성공 기준을 적어보았습니다.

작가로서의 성공　내 글을 읽은 누군가 위로받았다면 성공적
강사로서의 성공　누군가 내 강의를 듣고 뭔가를 깨달았다면 성공적
엄마로서의 성공　아이가 자랐을 때, 인생의 멘토로 생각한다면 성공적

저는 노트에 적었던 나의 기도가 현실에서 이루어지는 것을 '성공'으로 정의하기로 했습니다.

개그우먼 이영자 씨는 한 프로그램에서 치킨 한 마리를 온전히 혼자 먹을 때 스스로 '성공한 인생'이라고 생각한다는 말을 했습니다.

유명 연예인이 고작 치킨 한 마리에 성공을 운운하는 게 너무 소박해 보이나요? 저마다 성공을 정의하는 배경은 다릅니다. 우린 각자만의 환경과 기준으로 성공을 정의해야 합니다.

당신이 생각하는 성공은 무엇인가요? 너무 사소해서 부끄러워할 것도, 너무 장황해서 눈치 볼 필요도 없습니다. 각자의 '기준'을 깨닫는 게 중요합니다.

당신이 생각하는 성공은 무엇인가요? 스스로 적으며 나의 목소리를

들어보세요.

… 내가 생각했던 '성공'은 무엇인가요?

… 내가 새롭게 정의한 성공은 무엇인가요?

… 성공을 위해 지금 당장 할 수 있는 일은 무엇일까요?

: 저마다의 등불은 있다

날 위한 게 아까워?

저는 강사입니다. 수업료를 받고 강의를 제공하죠. 언젠가 한 수강생이 수강료를 흰 봉투에 담아 준 적이 있습니다. 오랜만에 받아보는 봉투가 무척 생소했습니다.

"신랑 통장에 이체 내역이 찍힐까 봐요….."

머쓱한 표정의 수강생을 보자 여러 감정이 몰려왔습니다. 잘살고 싶어서 뭐라도 해보고 싶은 마음, 돈은 쓰는데 변화는 없어서 답답했던 과거의 제가 떠올랐습니다. 저에게 쓰는 돈은 금액을 떠나서 왜 그리 아깝고 눈치 보이고 남편에게 미안했던 건지 모르겠습니다.

하루빨리 저를 찾고 싶어서 식탁에 앉아 글을 쓰고 집중하던 시절, 남편이 말했습니다.

"뭐가 또 필이 꽃혀서 그래? 어차피 끝까지 못 할 것 같으면 적당히 해."

남편 말에 화가 났습니다. 스스로 하고 싶었던 말을 들킨 것 같았습니다. 어쩌면 저를 가장 믿지 못하는 건 저 자신이었을지도 모릅니다. 내가 나를 믿지 못하면 뭘 해도 실패로 끝날 것입니다.

저마다의 등불은 있다

미리 말씀드리지만 '쓰기'를 통해 나를 알아가는 건 아주 많은 시간이 걸립니다. 하루 이틀 만에 변화를 기대하진 마세요.

그건 욕심입니다. 하지만 언젠가는 투자한 시간과 돈에 대한 보상이 올 것입니다. 글을 쓰며 나에 대한 정보를 기록하고, 목표를 세웠다면 이제 필요한 건 행동입니다.

행동하기 전에 필요한 건 무엇일까요? 제 경험에 비춰보면 '용기'와 '믿음'이 필요합니다. 행동하기 위해 용기 내야 하고, 그것을 해내는 '나에 대한 믿음'이 있어야 합니다. 이 두 가지만 있으면 변화는 조금 더 빨리 찾아올 것입니다. 감각적인 변화가 먼저 찾아오고 삶에 나타나는 변화가 보일 것입니다. 손으로 끄적이다 보면 차분해지고, 괜찮아지는 것 같은 느낌, 예전과 다른 삶을 사는 나를 보면 재미있어집니다.

변화는 불확실하고 결과가 눈에 빨리 보이지 않습니다. 불확실한 것에 시간과 비용을 투자하자니 두렵기만 합니다. 힘들고 지루해서 자꾸 미루게 되고 하기 싫은 마음만 듭니다. 큰마음 먹고 시작했다가도 자꾸 익숙한 일상으로 돌아가려 합니다. 포기가 잦아지면 나에 대한 의심과 자책만 커집니다.

결국 변화는 고통을 참을 수 있느냐 없느냐의 문제입니다. 처음이 어렵지 한번 해보고 나면 자신감이 생겨 고통을 참을 수 있게 됩니다. 변화는 운동과 비슷합니다. 복근 운동을 할 때 10초를 견디기로 했다면, 5초쯤에서 위기가 찾아옵니다. 그 순간의 고통을 꾹 참고 버티면 10에 도달합니다. 해냈음에 안도하고 또다시 10초, 20초, 30초를 버팁니다. 점점 강해지는 나를 보면 자신감이 생깁니다. '할 수 있겠는데?'라는 확신이 들면 삶도 조금씩 변화할 것입니다.

누구나 가슴 속에 등불을 가지고 있습니다. 어두운 방에서 물건을 찾으려는데 잘 보이지 않습니다. 이쯤 어딘가에 있을 것 같아 더 듬어보지만 잡히지 않습니다. 결국 핸드폰 손전등을 켜고 물건을 찾습니다. 마음도 마찬가지입니다. 힘들고 고통스러울 때 불빛처럼 켤 수 있는 등불 하나가 우리 안에 있어야 합니다. 나의 등불만이 내 주변을 밝힐 수 있습니다. 앞이 보이지 않을 땐 불을 켜고 객관적으로 나를 봐야 합니다. 나의 등불은 무엇인지, 등불이 있긴 한지, 쓰면서 생각해 보는 시간을 꼭 가졌으면 좋겠습니다.

앞이 보이지 않을 땐 불을 켜고 객관적으로 나를 봐야 합니다. 나의 등불은 무엇인지, 등불이 있긴 한지, 쓰면서 생각해 보는 시간을 꼭 가지셨으면 좋겠습니다.

… 변화가 두려운 이유는 무엇인가요?

… 당신은 스스로 믿는 편인가요?

… 당신만의 등불은 무엇인가요?

Epilogue

"주말에 뭐 할까?"

"친구들이랑 시내 가기로 했어요."

"저는 친구 생파 가요."

늘 함께 주말을 보냈던 아이들은 언제부턴가 친구와 시간을 보냅니다. 유모차에 아이를 태우고 오가던 길을 이제는 아이와 자전거를 타고 오갑니다. 저만치 앞장서서 힘차게 페달을 밟는 아이를 보니 시간 참 많이 흘렀단 생각이 들었습니다.

엄마가 되고 어떻게 살아야 할지 몰라 막막했습니다. '나'가 상실되고, 힘듦이 지겹도록 반복되고, 알 수 없는 분노가 솟구쳐도 이유를 찾을 수 없었습니다. 뭔가 단단히 결핍되었다는 생각이 들었지만 그게 뭔지 찾을 길이 없었죠.

겨우 버티던 삶의 끝자락에서 동아줄인 양 펜을 붙잡았습니다. 조금만 힘을 줘도 부러질 것 같은 얇은 펜에 필사적으로 매달렸습니다. 매달리고 흔들고 짓눌러도 펜은 부러지지 않았습니다. 펜의 힘, 쓰기의 힘은 생각보다 강했습니다.

이제는 알 것 같습니다. 발버둥 치던 그 시간의 기록이 말해줍니다. 행복하고 감사했다고.

이 책을 읽은 당신이 흔들렸으면 좋겠습니다. 흔들리며 벌어진 틈을 글로 메웠으면 합니다. 희미해진 나를 종이 위에 또렷이 적었으면 좋겠습니다. 늘 누군가를 돌보던 시선을 나에게 옮겨 나를 먼저 돌봤으면 합니다. 그러다 보면 잊고 있던 자기 삶을 찾게 될 거라고 말해주고 싶습니다.

Profile

홍보라

나를 도우며, 나를 만들어가고 있는 사람.

아이를 키우면서 희미해진 나를 뚜렷해지도록 애쓰고 있다.

전업주부로 살다, 〈The나다움〉을 만들어 1인 기업가로 활동한다.

엄마들의 치유, 성장, 꿈 찾기를 위한 성장 길동무로 함께 하고 있다.

아이를 잘 키우기 위해 시작한 독서를 그만두었다.

나를 잘 돌보기 위한 책 읽기를 시작하며 질문을 던지기 시작했다.

스스로 던진 질문을 외면하지 않고 대면했다.

글 속에 잊힌 나를 만나며 감정을 정리했다.

마음이 평화로워지니 하고 싶은 게 생겼다.

적어 내려간 노트가 그간의 애씀을 증명해 준다.

많은 엄마가 세상 밖으로 나왔으면 좋겠다.

자신이 만들어 놓은 틀로 힘들어하지 않았으면 좋겠다.

충분히 잘하고 있고, 잘 해내고 있다고 말해주고 싶다. 우리 함께
그랬으면 좋겠다.

"엄마의 역할에 책임을 다하는 것보다, 자기를 돌보고 지키는 사
람이 되는 것."

- 블로그 https://blog.naver.com/cindy052
- 인스타그램 beyourselfbora_

더 나다운 나를 찾는
감정 쓰기 연습

초판 1쇄 인쇄 2021년 11월 16일
초판 1쇄 발행 2021년 11월 23일

지은이   홍보라
펴낸이   한준희
펴낸곳   ㈜새로운 제안

책임편집 이도영
디자인   이지선
마케팅   문성빈 김남권 조용훈
영업지원 손옥희 김진아

등록   2005년 12월 22일 제2020-000041호
주소   (14556) 경기도 부천시 조마루로 385번길 122 삼보테크노타워 2002호
전화   032-719-8041
팩스   032-719-8042
이메일   webmaster@jean.co.kr
홈페이지 www.jean.co.kr

ISBN   978-89-5533-623-8 (03800)